Du même auteur

*Le livre de Dina*
tome 1 – Les limons vides
tome 2 – Les vivants aussi
tome 3 – Mon bien-aimé est à moi
(Gaïa Editions, 1994)

Fils de la Providence
tomes 1 et 2
(Gaïa Editions, 1997)

Voyages
(Gaïa Editions, 1995)

Un long chemin
(Gaïa Editions, 1998)

*la trilogie de Tora*
tome 1 – La véranda aveugle
tome 2 – La chambre silencieuse
tome 3 – Ciel cruel
(Actes Sud, 1987, 1996 et 1997)

Ouvrage traduit avec le concours
du Centre National du Livre, Paris.

Herbjørg Wassmo

# L'HÉRITAGE DE KARNA

## Livre II
## Le pire des silences

*Traduit du norvégien par*
Luce Hinsch

roman

GAÏA EDITIONS

*L'héritage de Karna* comporte trois volumes.

Titre original :
*Karnas Arv*

*Illustration de couverture* :
© P.S. Krøyer, *Lille pige stående på Skagen Sønderstrand (Petite fille sur la plage de Skagen)*, 1884, Skagens Museum


ISBN 2-910030-67-9

Diffusion-distribution :
DIFF-EDIT, 96, bd du Montparnasse, 75014 Paris.

# LIVRE II

## Le pire des silences

# Chapitre 1

COMME L'EAU DONNE LE REFLET DU VISAGE
AINSI LE CŒUR DE L'HOMME POUR L'HOMME.
(Proverbes 27, 19)

C'était en 1878, pendant un après-midi de mai assez frais. Ils étaient réunis au salon. Anna, debout devant la fenêtre, guettait le bateau de Benjamin.

Sara était venue pour faire la lecture du journal à Anders dont la vue avait beaucoup baissé. Comme d'habitude, Anna et Karna écoutaient aussi. Elle les amusait quelquefois en citant les noms des passagers du vapeur. Elle prenait des voix différentes, celle d'une dame distinguée, ou encore une voix de basse quand il s'agissait de personnes aux titres ronflants qui se déplaçaient d'un endroit à un autre.

Elle s'était déjà amusée aux dépens du préfet et d'un lord anglais quand le silence tomba.

Il fut de si longue durée qu'Anders ôta sa pipe de la bouche et dit, avec une certaine impatience :

– Alors ?

A voix basse, mais distinctement, elle lut :

– A bord du vapeur *Harald Haarfager* en provenance

de Hambourg et ayant fait escale à Bergen le 3 mai, se trouve madame Dina Bernhoft en route vers le nord.

Sara était assise dans le fauteuil à bascule, les deux pieds posés sur le barreau, mais elle ne se balançait pas en lisant, comme elle en avait l'habitude. Elle restait assise toute droite. Puis elle reposa le journal sur ses genoux sans regarder Anders.

Personne n'avait bougé, ni dit un mot.

Anna se détourna enfin de la fenêtre et regarda Anders.

L'homme était devenu blême en une seconde. Il porta la main droite à sa poitrine. Son menton retomba et il ferma les yeux, comme s'il ressentait une grande douleur. Puis il se redressa sur son fauteuil et dit :

– Relis ça encore une fois.

– Moi, je veux lire ! dit Karna en prenant le journal que Sara lui tendait avec hésitation.

Elle mit du temps à déchiffrer toutes les lettres et à les assembler en mots. Elle eut quelques difficultés avec « Hambourg » et Sara dut lui souffler.

Karna lui lança un regard vexé et continua à lire.

Anders inspira fortement, expirant à petits coups saccadés.

– Eh bien ! fut son seul commentaire.

Anna alla dans l'office remplir un verre d'eau à la carafe. Elle tendit le verre à Anders. Mais il ne semblait pas le voir. Et, comme s'il était malade, elle lui tint le verre pendant qu'il buvait.

Il resta encore un moment assis dans la bergère, sa

pipe éteinte dans la main, puis se leva lentement et monta à l'étage.

Anna le suivit de près. Jusque dans l'entrée. Mais elle s'arrêta devant l'escalier, comme si elle savait qu'elle risquait de vexer le vieux marin en l'accompagnant jusqu'en haut.

La porte se referma enfin sur lui.

Elle resta debout, à regarder l'escalier vide, d'un air désemparé. Puis elle retourna au salon et prit le journal des mains de Karna pour le lire elle-même.

– Mais j'l'ai déjà lu... protesta Karna, et s'arrêta court.

– Oui Karna, ta grand-mère arrive enfin ! dit Anna. Il n'y avait pas dans sa voix la joie à laquelle on pouvait s'attendre.

Le bateau de Benjamin était arrivé. Mais ils ne le remarquèrent que lorsqu'ils l'entendirent dans l'entrée.

Karna se précipita pour aller à sa rencontre et lui cria la nouvelle.

Sara lui dit bonjour et se retira discrètement. C'est ainsi que les autres apprirent aussi l'arrivée de Dina.

Benjamin resta un instant devant la porte d'entrée refermée. Puis il déposa sa sacoche sur l'étagère et se mit à déboutonner son gilet avec lenteur.

– Ça alors... Où est Anders ?

– Il est monté, murmura Anna en revenant au salon.

Karna restait là et voulait qu'il la prenne dans ses bras et l'embrasse. Mais il semblait avoir oublié leurs rites. Il se contenta de la prendre par la main et de suivre Anna.

– Comment a-t-il pris ça ?

– Il s'est écroulé. Le cœur, je pense.

Benjamin monta l'escalier quatre à quatre sans plus de commentaires.

Anna allait et venait.

– Pourquoi vous êtes tous comme ça ? Vous êtes pas contents que grand-mère arrive ? demanda Karna.

– Mais bien sûr que si, mon petit ! Mais on est surpris, dit calmement Anna.

– C'est seulement Anders qui est pas content ? C'est pour ça qu'il est monté dans sa chambre ?

– Anders est content aussi, mais il croyait que ça n'arriverait jamais.

Benjamin descendit.

– Il dit que c'était le choc. Rien d'autre. Il n'a mal nulle part.

– Mais j'ai bien vu qu'il ne se sentait pas bien, insista Anna en lui tendant le journal.

Il s'assit tout au bord d'une chaise. Son regard tomba immédiatement sur la liste des passagers.

– Eh bien, en voilà une nouvelle ! dit-il.

– T'es pas content toi non plus ? demanda Karna en grimpant sur ses genoux.

– Mais si je suis content ! assura-t-il.

– Pourquoi vous avez l'air si drôle alors ?

– C'est tellement inattendu, tu comprends, dit-il, gêné.

– Et c'est qu'elle n'a pas écrit pour prévenir, pour qu'on fasse des préparatifs ! dit Anna.

Le regard de Karna allait de l'un à l'autre.

Anna ouvrit la porte de la salle à manger, y entra et s'assit au piano. Elle plaqua quelques accords, changea d'avis et entama un autre morceau tout en riant.

– Enfin il va venir quelqu'un du monde extérieur ! Enfin quelqu'un avec qui parler ! Avec qui jouer ! Quelqu'un qui s'y connaît en musique ! Benjamin, c'est magnifique !

C'était juste ce qui manquait. Une exclamation de joie de la part d'Anna. Karna le comprit et entoura de ses bras le cou de son père.

– Va dans la cuisine leur dire que grand-mère arrive et que j'ai faim et que je veux manger. Même un reste de dîner tiède, dit-il avec douceur.

Une fois Karna hors de la pièce, Anna s'arrêta et dit :

– Elle sera là dans trois jours si le vapeur n'est pas en retard.

Karna revint en courant et cria :

– Bergljot, elle demande si grand-mère elle sait que le vapeur s'arrête plus ici et qu'il faut descendre à Strandstedet ?

– Elle le sait sûrement, dit Anna.

Benjamin ne dit rien, il leur tournait le dos et regardait vers la mer.

– Eh bien, il faut encore que ce soit ce sale journal, dont Olaisen est le principal actionnaire, qui nous apporte la nouvelle. Et c'est sur le quai d'Olaisen qu'elle va descendre ! On aura tout vu, marmonna-t-il.

– Qu'est-ce que ça peut bien faire, Benjamin ? dit Anna en allant vers lui.

– Rien, bien sûr, répondit-il dans un rire.

Ce retour au bercail posait à Bergljot un problème impossible à débattre à haute voix. Elle avait d'abord essayé Stine. Qui n'avait pas de solution.

Bergljot alla donc trouver Anna qui n'arriva pas à décrypter tout à fait les murmures de la jeune fille.

– Mais qu'est-ce que tu veux savoir ?

– C'est si madame Dina va s'installer... où elle va dormir ? Dans la chambre d'Anders, ou quoi ?

– Demande-le lui.

– Non, Dieu m'en préserve... il en tombera malade à nouveau. Juste comme le jour où il a appris qu'elle venait.

– Si c'est comme ça... je vais m'en occuper.

Et Anna posa la question à Benjamin quand ils furent seuls. Et il était d'avis d'installer Dina dans la grande chambre mansardée. Il ne fallait pas ennuyer Anders avec ce genre de choses.

– N'est-ce pas une manière de le mettre sous tutelle ? dit Anna hésitante.

– Non. Si on le lui demande, on ne fera que le gêner. C'est bien pire.

Quand elle vit Anders se diriger vers les hangars à bateaux, elle se dépêcha de le rattraper pour être seule avec lui.

Elle alla droit au but tout en essayant de suivre ses longues enjambées.

Il ne fit guère d'histoires. Il se contenta d'une grimace qui fit remonter sa moustache.

– La Dina et moi on est seulement mariés sur le papier. On n'a pas partagé de chambre depuis que Benjamin était un gamin, alors qu'elle avait besoin qu'on l'aide à l'élever. J'crois qu'il faut pas l'ennuyer avec ces vétilles. Quant à moi, ça me suffit qu'elle revienne juste faire un tour à la maison.

Anna continuait à marcher à sa cadence sans rien dire. Il s'arrêta alors et lui prit le bras gentiment.

– Les gens bien nés qui ont de la place font chambre à part, tu sais. Il n'y a qu'Anna et le Benjamin qui ne peuvent pas se passer l'un de l'autre.

Elle le regardait. D'une certaine manière il était devenu son ami. Bien qu'ils soient très différents, ils poursuivaient de longues conversations à voix basse sur de nombreux sujets. Elle avait appris à entendre ce que cachaient ses mots simples. Lui, de son côté, l'écoutait jouer, les yeux fermés. Ils étaient souvent seuls ensemble.

Il avait une chevelure blanche et épaisse. Une moustache drue et courte et des joues rasées. Il plissait toujours les yeux. Comme s'il essayait de percer au cœur de quelque chose que personne ne voyait. Sa silhouette était droite et nerveuse.

– Quand l'as-tu vue la dernière fois, Anders ?

– Il y a une vie de cela. Je ne compte plus les années depuis longtemps. J'en deviendrais un monstre.

– Un monstre ?

– Oui, le spectre marin sur la coque renversée, tu sais.

Elle hocha la tête pensivement. Puis elle lui serra le bras et s'appuya contre lui.

– Tu es anxieux ?

– Ouais... j'peux pas dire le contraire.

– Tu tiens à elle encore ?

– J'crois qu'on va avoir de la pluie, dit-il en protégeant d'une main ses deux yeux plissés.

Elle le regardait de côté, furtivement.

Alors il lui donna une bourrade sur l'épaule, timidement, et dit :

– Le plus important c'est que tu sois venue ici retrouver Benjamin. C'est ça l'avenir ! Le passé, tu sais, il a eu sa chance. On ne l'a pas exploité mieux que ça. Ne te fais pas de souci, Anna.

Karna trouvait que tout le monde lui échappait. Ils avaient tous un secret dont ils ne parlaient pas. Quelque chose qui avait à voir avec grand-mère. Et maintenant tout le monde avait l'air effrayé parce qu'elle revenait. Elle avait la sensation désagréable que tout le monde parlait de ça dès qu'elle quittait la pièce.

Anders n'était presque plus au salon. Il courait tout seul entre les entrepôts et le bureau. Durant les repas il ne prêtait plus aucune attention à Karna. Il restait assis sans dire un mot, regardant quelque chose par-dessus leurs têtes.

Les autres couraient dans tous les sens en retenant leur respiration pour être prêts le jour du grand retour. Anna et Sara étaient les moins étranges, mais même elles portaient écrit sur leur visage : Ne me parle pas ! Je réfléchis !

Elle alla au grenier pour raconter à grand-mère ce qui l'attendait. Elle emporta la robe rouge et l'étendit sur le sol comme d'habitude.

Mais grand-mère refusait de mettre la robe aujourd'hui.

– Faut mettre ta robe, grand-mère ! murmura-t-elle aussi fort que possible. La lucarne était ouverte vers les autres.

Mais rien ne se passait.

Elle pensa que grand-mère était en voyage le long de la côte et qu'elle avait peut-être le mal de mer. Mais elle aurait pu le dire. Pas seulement faire semblant de ne pas la remarquer.

– Alors quoi, personne fait attention à moi, c'est ça que tu veux dire ? dit-elle, furieuse.

La robe était toujours à la même place.

– Si tu mets pas la robe, je la déchire et je la jette dans la fosse à purin ! menaça-t-elle, et elle attendit un peu.

Mais rien à faire, grand-mère n'était pas accessible aujourd'hui.

– Si tu mets pas la robe, je vais me mettre en colère comme les autres parce que tu reviens !

Ça ne servit à rien.

Elle se dit alors que grand-mère était quelque part dans le chant de la mer. C'était pour ça qu'elle ne pouvait pas être dans la robe au grenier. Mais que si elle avait une crise, grand-mère la remarquerait peut-être.

Elle se leva et fixa la lumière du jour qui filtrait à travers la lucarne. Elle ne cessait de la fixer. Un rai de lumière jouait avec deux mouches mortes sur le palier. Un léger courant d'air fit bouger leurs ailes.

Mais elle voyait bien qu'elles étaient mortes.

Peut-être que grand-mère aussi était morte ? Juste avant d'arriver ? C'était pour ça qu'elle ne voulait pas mettre la robe.

De toutes ses forces elle essaya de provoquer une crise afin d'en avoir le cœur net, mais sans y parvenir. Finalement elle s'assit, la tête entre les mains, et se mit à pleurer.

Elle entendait Anna, Bergljot et l'autre servante s'agiter en bas. Cela rendait sa solitude encore plus lourde. Cette étrangère que le vapeur amenait lui avait pris sa grand-mère.

## Chapitre 2

En plein vent d'ouest et par un ciel d'orage ils se rendirent à Strandstedet à deux bateaux pour l'accueillir.

– C'est par un jour comme celui-ci qu'on aurait aimé aller à Strandstedet avec le *Cygne*, dit Anders.

Benjamin ne répondit pas. Le fait qu'Olaisen ait acheté le caboteur et l'ait transformé en vapeur était une chose. Et qu'il s'en serve pour transporter des appâts aux Lofoten et au Finnmark avec de gros bénéfices en était une autre.

Aujourd'hui il était question de Dina.

Une escale était prévue à Strandstedet trois fois par semaine dans les deux sens. La poste arrivait deux fois par semaine, et le bateau en provenance de Hambourg venait tous les jeudis, quand il n'avait pas de retard.

Ils avaient trouvé des places pour leurs bateaux aux postes d'amarrage d'Olaisen. Là, des passerelles étaient prévues et tout était en place. Cela sentait le bois nouvellement passé au goudron.

Cela faisait longtemps qu'ils étaient à quai quand la sirène du vapeur retentit. Des tonneaux se cognèrent aux planches du quai, des ordres fusèrent à travers les portes des entrepôts et des grues se mirent à grincer.

Pour tromper l'attente on conversait de choses et d'autres dont on ne parlait jamais autrement.

Le soleil était absent. Il pleuvait, mais le reflux avait fait mollir le vent.

Karna était accrochée au bras de Benjamin. Elle avait un manteau vert tout neuf, avec un col de velours. Mais comme tout ce qu'on lui mettait, il avait l'air d'être en train de tomber de ses épaules. C'était comme si ce corps en continuel mouvement ne supportait aucun vêtement de petite fille bien élevée.

Elle n'y prêtait guère attention, pour sa part, mais les adultes lui en faisaient la remarque : Boutonne ta veste ! Noue tes lacets ! Ton bonnet est de travers ! ou quelque chose dans ce genre.

Il lui arrivait d'essayer de les satisfaire. Mais pas toujours avec grande conviction. Il était clair que cette sorte de remarques ne l'intéressait guère.

Aujourd'hui elle n'écoutait pas ce qu'on disait et on la laissait garder son manteau ouvert en plein vent. Surtout parce qu'elle avait failli, par deux fois, avoir une crise pendant la traversée vers Strandstedet.

Benjamin tenait Karna par la main et saluait à droite et à gauche. Il essayait autant que possible d'écourter les conversations sans vexer les gens.

Anna retenait sa capote et laissait flotter son regard bleu sur le gris de la mer. De temps en temps elle regardait Benjamin et lui souriait.

Anders se tenait à l'écart, le dos appuyé sur un tas de

caisses. Son visage ne dévoilait rien. Ses sentiments ou ses pensées n'étaient pas objets d'exposition. Mais il était impensable pour lui de se dérober à la cérémonie d'accueil quand Dina revenait de son grand voyage.

Plusieurs fois durant les manœuvres d'amarrage, il avait sorti ses lunettes ou sa pipe sans arriver à décider de ce qui était le plus convenable.

Finalement, il remit tout dans ses poches. Et resta la main droite enfilée dans le revers de sa vareuse, l'autre pendante au côté.

Le bruit avait couru que la Dina de Reinsnes revenait après un long séjour à l'étranger. Nombreux étaient ceux qui étaient venus à la rencontre du bateau de Hambourg pour constater combien les années l'avaient marquée. Surtout ceux qui l'avaient connue.

Elle n'était pas sur le pont quand le bateau arriva à quai. On ne la vit pas non plus quand la passerelle fut installée. Tout le monde la cherchait des yeux. Ceux qui étaient courts de taille se hissaient sur la pointe des pieds pour arriver si possible à voir derrière l'homme au chapeau haut-de-forme, la matrone au sac de pommes de terre sur le dos, le télégraphiste et sa casquette ou l'expéditionnaire avec sa serviette à la main.

On disait qu'Olaisen lui-même était trop occupé pour faire fonction d'expéditionnaire. Il avait équipé à cet effet un jeune homme venant des îles voisines.

Puisque Dina ne se montrait pas tout de suite, les gens fixèrent leur intérêt sur autre chose.

La passerelle était vide quand la porte du salon

s'ouvrit à nouveau. Une haute silhouette en tailleur vert foncé en sortit. On ne pouvait pas voir son visage. Il était caché sous les larges bords d'un chapeau retenu par une voilette négligemment nouée sous le menton.

Anders la reconnut sans tout à fait la reconnaître. Il la voyait comme à travers un brouillard. Ses lunettes étaient dans sa poche.

Il se demandait de quoi elle avait l'air. Non pas qu'il crut qu'elle avait vieilli ou enlaidi, loin de là, mais son teint et son aspect avaient pu subir une certaine transformation.

Elle n'avait plus l'air aussi robuste qu'autrefois, cela il pouvait le voir. La minceur lui était assez seyante, mais cela la rendait différente. Etrangère. Peut-être plus sensible aux vents violents ? Plus claire, bordée de parties sombres aux coutures. Comme une voile usée.

Il se dit qu'il l'avait vue dans les conditions physiques les plus différentes. Pas toujours éclatante de santé, et l'œil vif. C'était en quelque sorte son privilège. Telle qu'elle était maintenant, elle lui rappelait l'été où elle avait failli mourir d'hémorragie sur la mer de Folda.

Mais celle qui s'avançait vers lui aujourd'hui n'était pas en crise. Elle avait l'air d'avoir trouvé son équilibre. A moins que ?

Elle resta un instant en haut de la passerelle. Empoigna la rampe de la main droite et descendit lentement marche après marche. Elle était parfaitement consciente des cinquante paires d'yeux fixés sur elle.

Il remarqua qu'elle baissait la tête en marchant. C'était normal qu'elle fasse attention. Il n'aurait plus manqué qu'elle tombe en mettant pied à terre après tant d'années.

Il retira la main qui tenait son revers et alla à grands pas à sa rencontre. Il avait vécu ce moment-là en rêve. Si souvent, il était ainsi allé vers elle et lui avait pris les deux mains.

Tant que le vapeur faisait encore escale à Reinsnes, il allait lui-même la chercher à la rame. Elle se faisait descendre de la coupée par une échelle, et son image était toujours nette. Ce n'était pas seulement parce que sa vue était encore bonne à cette époque. C'était aussi parce qu'il portait encore en lui un souvenir vivant. Pas seulement dans la tête. Mais dans tout son corps.

Les derniers temps il était allé en pensée à sa rencontre à Strandstedet, comme maintenant. Maintes et maintes fois. Seulement avec quelques changements de détails qui rendaient la rencontre encore plus parfaite.

Mais il n'avait jamais imaginé qu'elle porterait des gants. C'était la présence de ces gants qui faisait qu'elle n'avait plus de peau.

Enfin, qu'importe, il prit ses mains gantées et se racla la gorge. Puis il dit à haute et intelligible voix, afin que tout le monde l'entende :

– Que Dieu te bénisse, Dina ! Sois la bienvenue de retour chez toi !

Et durant les heures qui suivirent, ces mots furent

colportés dans tout Strandstedet. Ils se répandaient comme l'odeur du repas chez des paysans affamés. Imaginez un peu qu'il a dit ça, après toutes ces années ! Que Dieu te bénisse, Dina ! Sois la bienvenue de retour chez toi ! Que l'Anders de Reinsnes, sans femme et seul avec sa honte, ait pu recevoir la fugitive avec ces mots-là ! C'était à ne pas croire !

Car finalement, qu'est-ce qu'elle voulait ? Qu'est-ce qu'elle venait faire ici ?

Elle avait encore fière allure, mais pas comme ils se souvenaient d'elle. Elle pouvait toujours porter un chapeau comme en ville, c'est ce qu'elle faisait autrefois aussi, ça ne cachait pas ses cheveux gris. Et elle avait maigri. Il était clair qu'on ne mangeait pas seulement de la brioche à Berlin.

Mais ceux qui l'avaient approchée d'assez près pour rencontrer son regard avaient vu qu'elle avait conservé toute sa vigueur. Les rares personnes qui lui devaient de l'argent autrefois eurent un sentiment désagréable. Son regard de glace restait impassible. Elle n'avait pas l'air d'avoir oublié un centime, même si elle les saluait.

Et elle descendit à terre, son réticule pendu au poignet et toute une file de porteurs en nage derrière elle, comme toujours.

Elle avait visiblement l'intention de rester un moment. Ses trois malles étaient lourdes comme du plomb, ceux qui trébuchaient sous leurs poids en témoignaient. En plus, trois sacs de voyage et trois cartons à chapeaux et un violoncelle dans sa caisse furent déchargés par des matelots. Elle s'installait pour un moment, c'était sûr !

Mais qu'il supporte ça sans lui flanquer une tripotée ! Anders ! Qu'il la bénisse et lui souhaite la bienvenue ! La bonté avait quand même ses limites.

Bien sûr ils n'étaient pas venus sur le quai en espérant le voir la honnir, l'injurier ou la chasser. Loin de là ! Mais la bénir, c'était un peu trop fort.

Certaines femmes eurent les larmes aux yeux, elles trouvaient cela beau. Anders était un homme selon leur cœur. Un homme noble. D'autres étaient de l'avis des hommes. C'était signe de faiblesse que d'avoir si peu de rancune.

Personne n'avait pensé que durant ses insomnies Anders avait imaginé ce qu'il dirait et ce qu'il ferait si elle revenait. Ou quand elle reviendrait.

Les mots qu'il fallait dire. Les gestes à accomplir devant tout le monde. Anders était de ceux qui ne pouvaient pas naviguer sans avoir prévu exactement ce qu'il fallait faire quand le vent tournait. Au moment d'agir, il faisait ce qu'il avait appris sans même y réfléchir.

Si on lui avait demandé ce qu'il avait ressenti à ce moment même, il aurait pris un air innocent et aurait secoué la tête.

– Ressenti ? Que veux-tu dire par là ?

Si elle avait jamais imaginé comment était sa grand-mère, ce n'était en tout cas pas ainsi. Celle-là était plus vivante et plus effrayante que celle du grenier.

Et différente de celle que papa et Anna avaient décrite.

Elle ressemblait un peu à une photographie jaunie que papa avait. Là, elle était assise sous un parasol une main levée vers quelqu'un qu'on ne voyait pas.

C'était curieux aussi qu'elle soit tellement verte, alors que Karna l'avait toujours vue rouge. Sur la photographie, elle riait. Papa avait dit que c'était rare.

En vérité, Karna n'avait pas pu imaginer cette rencontre. Ni l'aspect de sa grand-mère. Elle avait pensé qu'elle arriverait dans sa robe rouge et que ses bracelets se mettraient à tinter quand elle bougerait.

Maintenant elle savait à quel point elle avait été bête.

En fait, tout le monde, sauf papa, avait toujours pris un air grave et bizarre quand elle posait des questions sur sa grand-mère. Ainsi, elle n'avait retenu que ce que papa avait raconté. Et il parlait de grand-mère comme si elle faisait partie des malades qu'il ne voyait plus parce qu'ils étaient guéris : Grande. Brune. Pas bavarde. Habile à manier la voile, à compter et à monter à cheval. Et à jouer du violoncelle. Papa ne se souvenait guère d'autre chose. Si, qu'elle pouvait piquer de telles colères que tout se glaçait.

C'était difficile de s'imaginer cela. La grand-mère du grenier n'était pas comme ça. Mais elle avait compris que Dina n'était pas une grand-mère du genre de Stine.

Et cette dame étrangère était descendue du bateau, lui avait tendu une main gantée de soie et avait dit avec une voix différente de tout ce que Karna avait entendu :

– Et voilà Karna ! Vraiment ! Tu étais si petite la dernière fois que je t'ai vue. Un miracle. Et maintenant ! Où as-tu acheté ces beaux cheveux ?

Elle aurait dû lui répondre qu'ils poussaient tout seuls, mais n'en fit rien.

Et quand grand-mère s'accroupit devant elle et qu'elles se furent dévisagées un bon moment, elle sut que ce qu'elle avait de mieux, cette grand-mère amenée par le vapeur, c'était ses yeux. Ils ressemblaient aux prismes du lustre au-dessus de la table de la salle à manger. Ils étaient changeants, mais restaient tous les deux pareils.

Grand-mère enleva ses gants. Elle vit quatre bagues qui brillaient. Ensuite on l'attrapa par la taille et elle fut soulevée et on la fit tourner. Leurs jupes à toutes les deux s'étalaient comme des éventails.

Les gens sur le quai qui regardaient étaient emportés dans la ronde. Maintenant ils disparaissaient tous dans un entonnoir. Vite, plus vite ! Et les yeux anxieux de papa ! Il avait peur maintenant ? Peur qu'elle ne tombe. Mais elle ne pouvait pas tomber puisque grand-mère la tenait, il devait bien le savoir.

Et ça n'avait pas d'importance si cette grand-mère du vapeur n'avait pas de bracelets et si le bord de son chapeau égratignait la joue de Karna, car ses beaux vêtements crissaient drôlement. Comme si on y avait mis le feu. Et un parfum étranger l'entourait. C'était si bizarre, c'était comme une histoire dans un livre qu'on lui aurait lue à haute voix, avec les odeurs et tout.

Quand grand-mère la reposa, elle fut prise d'étourdissement et eut mal au cœur. Mais elle le surmonta et finit par dire :

– Quelqu'un de Tromsø a accordé le piano.

– Bien !

– On en a un comme ça nous aussi ! dit-elle en pointant un doigt vers le violoncelle.

– Je le sais bien.

– Comment ?

– C'est quelqu'un qui m'a appris à lire qui me l'a donné.

– Qui ?

– C'est une longue histoire. On en parlera une autre fois.

Finalement, elle n'avait peut-être pas perdu sa grand-mère. Elle était seulement descendue du grenier.

Il ne vint pas à l'idée de Karna que cette rencontre simplifiait la situation pour les autres. Peut-être Dina y avait-elle pensé ?

Benjamin essayait d'être naturel, comme s'ils s'étaient vus régulièrement. Mais il voyait bien sur le visage de Dina qu'elle avait les mêmes difficultés que lui.

Leur rencontre à Copenhague remontait à six ans. Son départ de Reinsnes à dix-huit ans.

Et ses yeux ! Il avait oublié comme ils étaient grands et clairs. Il avait oublié les ombres dans toute cette clarté. Il en fut touché. C'était dommage pour eux deux qu'il l'ait oubliée.

Cette pensée le sauva des larmes. Il n'avait guère envie de se mettre à pleurer devant tout Strandstedet simplement parce que sa mère s'était enfin décidée à se montrer. Il sentait sa bouche se pincer à cette seule idée.

– Bonjour, Benjamin, dit-elle simplement.

Il aurait pu lui demander comment s'était passé le voyage. Mais quelque chose lui coinçait les mâchoires. Elle devait bien le voir ? Combien de temps pouvait durer la colère d'un enfant ? Jusqu'à quel point les blessures de l'enfance pouvaient-elles rester ouvertes, même quand on s'appelait docteur Grønelv ?

En lui prenant les deux mains qu'il serra un instant, il ressentit une vague d'antipathie, mêlée à des regrets oubliés. En voyant qu'elle avait les yeux pleins de larmes il pensa : non, je n'avais pas abandonné l'espoir. Il est vrai que la nostalgie et l'espoir sont ce qu'on abandonne en dernier.

Anna s'était préparée à la rencontre, mais elle ne se sentait cependant pas sûre d'elle. Sa dernière rencontre avec Dina avait été un soir de Saint-Jean à Dyrehavsbakken, il y avait six ans de cela. Elle était alors malheureuse, et n'était préoccupée que par Benjamin. Mais les quelques lettres qu'elle avait reçues lui avaient donné une image plus nette.

– Sois la bienvenue ! Je suis si heureuse de ta venue, Dina ! dit-elle.

L'autre la tint légèrement à distance pour la contempler.

– Anna ! Tu y es arrivée ! Tu n'as pas changé. Benjamin, tu en as de la chance !

Les gens allongeaient le cou pour mieux entendre. Elle articulait assez clairement pour que l'on sache qu'elle était satisfaite de sa bru. Elle allait un peu vite. Les belles-filles ne correspondent jamais à la première impression qu'on a d'elles. Et les belles-mères non plus. Et certainement pas la Dina de Reinsnes, telle qu'ils la connaissaient.

On ne pouvait pas dire du mal de l'épouse du docteur. Mais elle ne frayait guère avec les autres, même si elle remplaçait l'instituteur quand il était occupé ailleurs. Les enfants l'aimaient bien. Elle n'utilisait pas le martinet. On l'avait entendue chanter à l'église. C'était beau à en faire pleurer les anges.

Elle était bien trop distinguée et délicate. Personne ne l'avait vue faire les foins. Mais elle devait bien avoir quelque chose puisqu'elle s'entendait aussi bien avec le doyen qu'avec le dernier des petits morveux. Mais elle était beaucoup trop fragile et trop mince. Le fait est qu'il n'y avait pas eu de naissance à Reinsnes.

On ne disait rien tant qu'on était sur le quai. Bien entendu ! On se contentait de regarder et d'écouter. Bavant d'innocence, comme des veaux.

Mais ensuite ! Ils s'éparpillèrent par petits groupes, de préférence par deux, et entamèrent la discussion autour d'une tasse de café. Cela donnait même un goût particulier au gâteau. L'événement du jour assaisonné de vieux ragots. Comme une pincée de précieux safran là où d'habitude on ne met que de la poudre de curcuma.

– Je t'apporte des bulbes et des graines, Stine. Ils me viennent d'un ami à moi en Hollande !

La joie rendait le visage doré de Stine tout lisse et brillant. Comme s'il avait été touché par une main magique. Il reflétait cette sorte de beauté seulement percevable et conservée par quelques rares personnes, pour l'éternité.

Tomas était de ceux-là. Il se rendait compte que depuis le départ de Dina, ils n'étaient pas nombreux ceux qui avaient de la considération pour Stine, à part lui-même.

Et quand Dina demanda ce qu'ils avaient bien pu faire à Strandstedet, pour en arriver là, avec tous ces nouveaux pâtés de maisons, l'escale du vapeur, ajoutant que c'était exagéré d'être tous venus à sa rencontre, c'est alors que tout redevint si habituel qu'il lui répondit comme à une vieille connaissance.

Il se mit à expliquer que Reinsnes n'était plus sur la ligne du vapeur, c'était bien triste, mais c'était ça le progrès. Anders opina du bonnet plusieurs fois pour souligner cette vérité. Et que c'était à cause de Wilfred Olaisen, car cet homme-là réussissait tout ce qu'il entreprenait.

Dina décida de revenir une autre fois pour voir tout ce cirque, mais maintenant elle voulait aller à Reinsnes, retrouver la cuisine bleue et le goût de la soupe de poissons d'Oline.

Elle tenait Karna par la main, les regarda tous les uns après les autres et déclara qu'il était incroyable qu'ils aient si bonne mine, n'ayant plus Oline pour s'occuper de leur ordinaire.

C'est alors que pour la quatrième fois dans cette même journée Karna sentit le bruit de la mer envahir sa tête.

Heureusement, papa s'en aperçut et la prit dans ses bras, bien qu'elle fût trop grande pour cela. Elle resta blottie contre lui, le nez contre le tissu rêche de sa veste et revécut la fois où Oline s'était étalée sur le sol de la cuisine sans vouloir lui parler. Et pendant un moment cette journée ne fut plus la même, parce que le nom d'Oline avait été prononcé.

Mais les adultes parlaient déjà d'autre chose et grand-mère avait solidement empoigné le bras d'Anders.

– Anders, tu n'as pas changé ! Ce n'est pas normal ! et elle ajouta quelque chose dans une autre langue d'une voix douce.

Karna ne comprit pas les mots, Anders non plus d'ailleurs. Et grand-mère lui donnait des bourrades comme lui-même le faisait avec Karna.

Et en se serrant contre papa pour sentir sa chaleur elle comprit pourquoi Anders la bousculait ainsi. C'était parce que grand-mère lui avait manqué.

Elle comprit encore autre chose : c'était un de ces jours miraculeux décrits par Stine. C'était si rare. Et il fallait y prêter attention et faire la différence entre ce jour-là et tous les autres jours.

Dire qu'une grand-mère étrangère pouvait arriver avec le vapeur pour transformer tout le monde ! Quand elle les regardait, elle voyait en quelque sorte la joie jaillir de leurs visages. Et dire qu'ils étaient tellement récalcitrants quand ils l'avaient appris dans le journal, cela, ils l'avaient complètement oublié !

Une fois le rivage atteint, grand-mère avait enlevé son chapeau et sa voilette, ses souliers et ses bas. La veste déboutonnée et la jupe relevée elle avait sauté dans l'eau glacée qui lui montait aux mollets. Et elle les avait tous halés à terre !

Karna n'avait jamais vu pareille chose.

– Eh oui, c'est comme ça ! C'est comme ça à Reinsnes, disait grand-mère, comme si c'était elle qui était restée à Reinsnes et les autres qui arrivaient de Berlin. Puis elle partit en avant, nu-pieds sur le gravier, tandis que les arbres se recroquevillaient légèrement, battus par le vent.

Ils la suivaient en traînant. Portant ses affaires. Ils s'arrêtaient quand elle s'arrêtait. Finalement juste devant le perron.

Elle resta là un instant pour remettre ses jupes en ordre. Ensuite elle se retourna, ouvrit les bras et leur cria :

– Mais venez donc tous ! Venez, venez !

Et ils vinrent tous. Les gens de la ferme. Ceux qui travaillaient aux champs et les autres. La servante, Bergljot et Sara. Tout d'abord, timides. Puis le miracle se fit. La joie éclata. Juste comme pour les autres.

Karna pensait que juste après le bruit de la mer, la joie était ce qu'il y avait de meilleur au monde. Elle était contagieuse. Elle les entourait tous comme un bras fort.

Il y avait quelque chose chez Anna. Elle brillait.

Ce n'était peut-être pas grand-mère qui en était la cause. Mais parce qu'elle était si contente. Et qu'elle leur montrait à tous qu'elle était contente d'être à Reinsnes avec eux. Et qu'ils ne s'y étaient pas attendus.

Ils s'étaient peut-être attendus à autre chose, juste comme elle ?

Ensuite tout alla à toute allure et le crépuscule vint bien trop vite. Grand-mère accordait son violoncelle en secouant la tête. A l'écoute. Anna et grand-mère penchées sur les partitions. Anna qui demandait à Karna de jouer.

Mais elle n'y arriva pas. Ses mains étaient toutes mouillées et les battements de son cœur l'emplissaient entièrement. Ça avait été ainsi toute la journée.

Elle secoua la tête et Anna la laissa tranquille.

Les deux autres se mirent à jouer, et Anna à chanter. Papa avait un visage si nu. Tout le monde autour étincelait. Anders sortait sa montre sans la regarder. Ses lunettes aussi. Mais sans les mettre.

Comment était Reinsnes avant que la joie n'explose ?

Comment se faisait-il qu'une grand-mère étrangère débarquée du vapeur puisse ainsi tout transformer ? Quand elle-même n'osait même pas jouer le morceau qu'elle savait si bien ?

Le lendemain grand-mère descendit de sa chambre en manteau de soie recouvert de plusieurs couches de fine dentelle.

Karna n'avait jamais rien vu d'aussi beau, elle resta les mains jointes pour mieux la contempler.

– Il ne me manque qu'une seule chose, dit grand-mère.

– C'est quoi, demanda Karna en la suivant sur le perron.

Les cheveux de grand-mère étaient bruns et gris. Ils changeaient d'aspect au gré du vent.

– Les cloches d'église à Berlin.

– Y a beaucoup d'églises à Berlin ?

– Beaucoup, beaucoup ! Et chacune a son son de cloche.

– Tu sais les reconnaître ?

– Les plus proches. Mais elles sonnent souvent en même temps, comme dans un chœur. Certaines sont si lointaines qu'on dirait un écho. D'autres sont très proches. Certaines ont un ton perçant, d'autres plus doux.

C'est alors qu'elle fit le geste ! Comme au grenier. Elle mit ses mains au-dessus de sa tête, se mit à tourner comme si elle dansait et traversa la cour jusqu'aux cabinets. Là elle perdit ses pantoufles, mais ne les ramassa pas !

Il faisait froid. Il restait encore des plaques de neige dans les coins d'ombre. Mais grand-mère ne semblait pas y faire attention. Il n'y avait que Karna qui allait aux cabinets sans être habillée. Maintenant elles étaient deux.

Karna était en chemise de nuit et la regardait.

– Ici on a le bruit des vagues ! Presque tout le temps ! lui cria-t-elle avec témérité.

– Oui, ça m'a beaucoup manqué à Berlin ! répliqua grand-mère sans se retourner.

Cela fit rire Karna. Elle retourna dans sa chambre, trouva l'atlas et mit son doigt sur Berlin, comme papa le lui avait appris. Elle s'en doutait bien ! Grand-mère devait bien le savoir ? Il n'y avait pas de mer ! Comment pouvaient-ils aller d'un endroit à un autre, quand il n'y avait pas de mer ?

Grand-mère entra dans sa chambre et l'inspecta du regard.

Quand ses yeux tombèrent sur la robe rouge, toujours posée sur le fauteuil de Mère Karen quand Karna ne l'amenait pas au grenier, elle alla vers elle et posa sa main dessus. Puis elle la souleva et la tint contre elle tout en chantonnant une mélodie que Karna n'avait jamais entendue.

Une grande clarté se dégageait autour d'elle. Des montagnes de lumière arrivaient de tous côtés. Karna était près de son lit et chercha à tâtons. Elle trouva la colonne du lit. Mais cela ne lui suffit pas. Il n'y avait rien où enfiler ses doigts.

Alors grand-mère enleva son manteau de dentelles et

le déposa sur le lit, puis elle enfila la robe rouge. Au moment où l'ourlet balayait le plancher, Karna vit un rayon de lumière partager la tête de grand-mère en deux.

– Non, grand-mère ! s'écria-t-elle.

Elle brûlait ! Cela faisait tellement mal. C'était insupportable. Elle entendit son propre cri. Puis tout s'évanouit.

Avant même d'ouvrir les yeux elle sentit contre sa joue le velours de la robe. Comme la première fois au grenier. Là elle savait où elle était même si c'était la voix de papa qu'elle entendait au-dessus d'elle.

Elle était sur les genoux de grand-mère. Et Anna tenait une cruche d'eau à la main. Elle était tellement pâle. Presque sans bouche. C'était de chagrin. C'était visible chaque fois qu'elle avait une crise. Elle ne le voyait pas. Mais elle le savait.

Il lui arrivait de croire qu'elle voyait leurs pensées. Surtout celles d'Anna. Comme si quelqu'un avait commis envers Anna un terrible péché sans lui en demander pardon. Un péché comme celui dont le doyen parlait en chaire.

Aujourd'hui elle entendait prononcer le drôle de mot que papa avait cessé de lui administrer, parce que ça la faisait somnoler comme une vieille femme. Du bromure !

Ils ouvraient la bouche. Butaient contre elle comme des poissons devant un rocher à pic. Ils ouvraient et fermaient la bouche et versaient du bromure. Seulement un tout petit peu. N'empêche qu'elle ressentit un mauvais goût dans la bouche et perdit connaissance.

Le visage de grand-mère disparut. Mais avant, elle avait regardé Karna comme quelqu'un d'étranger.

Peut-être qu'elle n'était pas Karna ? Que c'était seulement quelque chose qu'ils s'imaginaient ? Peut-être qu'elle était quelqu'un dont tout le monde avait peur, sans oser le dire ? Quelqu'un qui voyait tout ce dont on ne parlait pas ?

Elle se sentait tellement fatiguée. Si terriblement fatiguée. Son corsage était tout trempé.

Grand-mère lui souleva la tête pour qu'elle puisse boire. Et elle but. Ferma les yeux et se laissa aller.

Elle se réveilla deux fois parce qu'il y avait quelque chose d'inhabituel dans la chambre. Grand-mère était au pied de son lit et la regardait. Elle avait souri chaque fois.

– C'est seulement grand-mère...

Bien plus tard, quand elle put parler, elle dit :

– Faut pas retourner au grenier, grand-mère.

– Moi, j'ai été au grenier ?

– Oui, mais faut pas y aller.

– Pourquoi donc, ma petite ?

– C'est dangereux. Tu peux brûler.

## Chapitre 3

Dina avait continuellement des affaires à régler à Strandstedet. Elle télégraphiait, postait des lettres et faisait des visites.

Anders allait et venait entre les entrepôts et la ferme. Il était présent quand il y avait des invités ou quand on avait besoin lui. Le reste du temps, il faisait ce qu'il voulait. Apparemment il faisait partie du paysage.

Avant son arrivée il avait eu trois jours pour caresser quelques illusions. Ce n'était pas beaucoup. Suffisamment, pourtant, pour qu'elle vienne tout balayer.

Probablement, il avait espéré qu'elle lui montrerait un certain intérêt. Mais elle n'en donnait aucun signe. Aimable et polie, c'était tout. Il commençait à se préparer à un nouveau départ. Et ce retour était une énigme.

Finalement, au bout de quinze jours, elle vint le rejoindre dans le bureau. C'était la première fois qu'ils se retrouvaient en tête à tête. Il l'invita à s'asseoir et à boire un petit verre, comme c'était la coutume entre associés.

Elle s'assit mais refusa le verre. Elle voulait parler de Reinsnes. Des finances et des comptes.

Il mit ses lunettes et lui présenta les registres afin qu'elle se rendît compte par elle-même. Cela ne prendrait guère de temps, à la différence d'autrefois.

Elle ne poussa aucun soupir. A vrai dire, il ne fut pas échangé un mot pendant qu'elle lisait les chiffres, le crayon sur l'oreille. Il la voyait faire du calcul mental pour contrôler ses additions. Quand elle eut fini, elle dit presque gaiement :

– C'est pas brillant !

Anders baissa les yeux vers la table, enleva ses lunettes et ferma les yeux un instant.

– T'aurais dû te trouver un meilleur gérant qu'Anders Bernhoft, dit-il avec amertume.

– J'ai un avis différent sur ce sujet.

– Et quel est ton avis ?

– Tu as fait ton possible. On vit une période difficile. Strandstedet aurait écrasé Reinsnes de toutes façons. En dernier lieu, on a perdu l'escale du vapeur et la poste.

– Tu parles comme Olaisen. Mais c'était parce que je manquais d'argent qu'il a eu le *Cygne*.

– Ton manque d'argent, c'est tout bonnement le manque d'argent de Reinsnes, affirma-t-elle.

– Tu crois que les comptoirs commerciaux comme le nôtre sont condamnés à disparaître ?

– Ça m'en a tout l'air. Puisqu'on n'a pas un port praticable ici, et que le chemin par la montagne est trop raide et continuellement menacé d'éboulements.

– Que le malin emporte tout Strandstedet avec Olaisen et ses tuiles, sa forge et tout le fourbis. Et le télégraphe et la poste en plus ! Que le diable envoie des éclairs de partout et y mette le feu !

Elle s'appuyait sur ses coudes, amusée, les yeux comme deux fentes.

– Encore !

Il avait déversé sa colère et se mit à rire.

– Maintenant je vais me verser une goutte pour compenser cette misère, et toi ?

Elle accepta d'un signe de tête et referma d'un claquement le dernier registre.

Quand il essaya de verser sans lunettes et manqua le petit verre, elle regarda ailleurs et ne dit rien.

Mais il s'en rendit compte et sembla embarrassé.

– C'est plus difficile de voir de près, dit-il en balayant la marre d'eau-de-vie sur le plancher.

– Tu n'es pas le seul.

– La plupart peuvent quand même voir leur verre avant de le vider.

Ils levèrent leurs verres et échangèrent un signe de tête.

– Je ne suis pas revenue seulement pour constater toute cette misère, déclara-t-elle en le regardant directement.

– Ah bon ?

– Je veux essayer de sauver ce qu'on peut sauver.

– Qu'est-ce que tu veux dire ?

– Tu sais, ce printemps, il m'est arrivé quelque chose. J'ai reçu de l'argent sur lequel je ne comptais pas.

Il la regardait avec attention en silence.

– J'ai décidé de rembourser toutes les dettes et de remettre les bâtiments de Reinsnes en état.

Au bout d'un moment il dit à voix basse, comme si c'était quelque chose qui ne le concernait pas :

– En voilà une grande nouvelle.

– Tu ne sembles pas du tout étonné.

Il baissa alors la tête comme si quelque chose lui revenait à l'esprit qui l'empêchait de répondre immédiatement.

– D'abord, cela arrive un peu brutalement... Ensuite, tu as passé quinze jours ici sans en dire un mot. Et pour finir, Reinsnes est à toi, même si c'est resté bien trop longtemps mon problème.

Son discours ne fut pas plus long. Il fouillait dans ses poches pour trouver quelque chose sans y parvenir.

– Tu m'en veux bien sûr, Anders ?

– A quoi ça servirait-il ? Je sais pourquoi t'es partie... Mais pour dire vrai, j'ai pas compris pourquoi t'es revenue... au bout de dix-huit ans. Maintenant je sais que c'était pour payer les dettes et faire repeindre les hangars à bateaux.

– J'aurais pu envoyer l'argent.

– Ça c'est vrai, dit-il avec lassitude.

Elle le regardait. Ouvertement.

– Tu n'as pas besoin de payer les dettes à cause de moi, car le caboteur est déjà la propriété d'Olaisen. Et, en fait, c'était la seule chose que je possédais.

– Je fais ça pour moi. Et pour Karna.

Il approuva de la tête.

– Mais est-ce sage d'utiliser cet argent pour Reinsnes, quand tu viens d'expliquer que Reinsnes n'est plus dans la course ? Tu pourrais t'en servir pour mener la bonne vie à Berlin.

– Payer ses dettes est une question d'honneur.

– C'est vrai ! Que voilà de belles paroles ! dit-il durement en rencontrant enfin son regard.

– Il y a une ou deux choses qu'il faut que je te raconte, dit-elle avec calme.

– J'imagine, oui...

Il restait assis, hochant la tête comme s'il écoutait de la musique. Ses mains usées par les intempéries étaient posées sur les accoudoirs. Le pouce tourné vers l'intérieur comme un crochet. Les autres doigts solidement repliés. On voyait qu'ils étaient habitués à d'autres prises.

– Je possède une entreprise en bâtiment et une agence immobilière. A Berlin et à Hambourg. J'ai là-bas des gens sur qui je peux compter. Cela rapporte bien.

Il était difficile de savoir ce qu'il pensait, mais sa mâchoire travaillait sans arrêt.

– Incroyable, tout ce que tu as réussi, Dina !

– Mais non ! dit-elle presque en colère, cherchant le crayon qu'elle avait derrière l'oreille. Elle ne le trouva pas et se tira les cheveux jusqu'à ce qu'il tombe de lui-même sur la table, faisant un bruit de griffes.

– J'ai hérité d'un homme. Je l'avais aidé à tenir ses comptes pendant des années. J'avais acheté quelques actions dans sa société, juste pour m'amuser.

– Bien sûr... tu l'as aidé comme tu as pu.

Son prognathisme était plus visible que d'habitude. Son menton ressemblait à une pierre au milieu du visage.

– J'ai vécu avec lui un certain temps.

Il se pencha en avant pour se lever. Ses mains furent les dernières à lâcher le fauteuil.

– Ne gâche pas tout ce qu'il y a eu entre nous, Dina. Laisse donc ce qui a pu arriver. Je n'ai aucune envie de l'entendre raconter, je suis trop vieux pour m'offusquer ! Pardonne-moi, mais je préfère que tu gardes cela pour toi.

Il se redressa et posa sur elle un regard dur, jusqu'à ce qu'elle baisse les yeux.

– Je ne voulais pas de secrets entre nous, dit-elle.

– Vaut mieux que tu ailles raconter ça au pasteur, plutôt qu'à moi. Je n'ai jamais eu l'ambition de donner l'absolution.

– Mais tu es celui qui m'est le plus proche.

– Il y a bien longtemps de cela, Dina.

Il mit ses mains derrière son dos, comme si elles étaient devenues brusquement trop lourdes à porter, et alla vers la fenêtre, se planta là en lui tournant le dos.

– Dis-moi ce que tu penses, Anders ! dit-elle au bout d'un moment.

– Ce que je pense ? Eh bien, tu vas le savoir. Je me demande quand tu vas repartir à Berlin. Ou ailleurs.

– Tu préférerais que je m'en aille ?

Le silence régnait là-bas près de la fenêtre. A tel point

qu'ils pouvaient entendre Anna jouer du piano dans la maison. Le son portait à travers les fenêtres ouvertes, comme un avertissement.

– Bon Dieu non ! Mais il faut bien que l'un de nous deux se trouve un autre endroit où vivre. Je ne peux pas continuer à vivre ici comme un vieux célibataire endurci à tes côtés ! Tu devrais comprendre ça, même si tu as parcouru le monde et reviens ici pleine aux as !

Il était comme un taureau furieux, attendant un coup de fouet après un coup de corne.

– Tu viens faire un tour sur le monticule ? Ici c'est irrespirable, dit-elle à voix basse.

– Non, pour une fois j'ai besoin de sentir des murs autour de moi !

Elle resta encore un peu et finit par se lever. Ouvrit la porte et s'en alla.

Quand il l'entendit marcher sur le gravier, il se détourna de la fenêtre et porta la main à sa poitrine un instant. Il trouva le fauteuil tandis que son visage ravagé prenait la couleur de l'hiver.

Les bateaux venaient accoster sur la plage. Ou bien étaient attachés aux piliers des vieux entrepôts. Les visiteurs se laissaient hisser par un treuil, avec bonne humeur, et ils se retrouvaient, un peu instables, sur le plancher.

Ils arrivaient en groupe ou un par un, exactement

comme du temps où la boutique n'était pas encore devenue un endroit poussiéreux où l'on ne vendait plus rien. Cela commença par l'instituteur et son épouse qui vinrent prendre des nouvelles du monde extérieur et rappeler à Dina qu'ils étaient parents. Assez lointains, il est vrai.

Puis vint le doyen rappeler à Anders et à Dina qu'ils étaient les bienvenus à l'église. Il voulait aussi demander à Anna de chanter à la messe de la Saint-Jean. On attendait beaucoup de monde et on espérait du beau temps.

Karna interrompit le prélat, en enfant mal élevée, pour lui confier que les cloches des églises de Berlin manquaient à sa grand-mère, et qu'ils viendraient bien entendu tous à l'église.

– Voyez-vous ça ! dit le doyen avec bonne humeur, ce sont les enfants qui font la loi maintenant.

Plus tard ce furent des gens de Strandstedet. Le métayer Hartvigsen, qui autrefois avait travaillé à Fagernesset chez le commissaire Holm, amena toute sa famille pour saluer Dina.

Il avait abandonné la culture et s'était installé comme passeur dans la seule auberge de la commune. Donc, si Dina, et aussi Anders, bien sûr, avaient besoin d'autre transport que leurs propres bateaux, il était à leur disposition.

Le chef-télégraphiste vint aussi. C'était un homme maigre en pantalon noir rayé de blanc, portant un bouc. Il avait entendu dire que Dina Bernhoft, ou Dina Meer comme certains l'appelaient pour une raison ou pour une autre, avait des affaires à Berlin. Il désirait s'occuper de toute sa correspondance télégraphique.

Dina répondit que c'était rassurant, mais que la rumeur avait donné des proportions démesurées à ses affaires. Meer était effectivement le nom de sa firme à l'étranger.

– Mais comment Vaage, qui est télégraphiste, sait-il que je fais des affaires ?

– Et on se demande comment un télégraphiste sait les choses ? dit l'homme avec fierté, balayant la pièce du regard, avec un air de propriétaire.

– Et ce que sait un télégraphiste, tout le monde le sait aussi ? demanda-t-elle avec une certaine aigreur.

– Non, il ne faut pas croire cela. Je me confie seulement à des gens bien, dit l'homme en acceptant un verre de porto.

Et plus on lui en versait, plus il avait tendance à se confier à des gens bien. Dina apprit ainsi beaucoup de choses sur les affaires et les transactions de Strandstedet, sur les clients de l'avocat et sur le formidable sens des affaires d'Olaisen.

Et Wilfred Olaisen vint avec toute sa famille, Hanna et le petit garçon. Et Isak qui était devenu bien sérieux ces derniers temps.

Olaisen, très fier et souriant de toutes ses dents n'y alla pas par quatre chemins : il voulait que Dina investisse dans le nouveau chantier naval qu'il allait construire à Strandstedet.

Dina, réservée, répéta que l'on donnait à ses capitaux une importance exagérée.

Wilfred Olaisen prit un air entendu et discret, et déclara que c'était de la modestie de la part de madame Dina.

Il se penchait par-dessus la table, ignorant les autres hommes, concentrant tout son respect et son attention sur elle.

– Les transports, c'est ça l'avenir ! Les journaux. Les vapeurs. Les usines ! Qui produisent le travail et le profit. Les rouages, vous comprenez madame Dina, ne doivent jamais rouiller ! Faut que ça tourne ! Moi-même il faut que je m'occupe de tous les détails. Afin de mettre en route l'engrenage pour construire la société. Personnellement je n'ai rien d'autre qu'un petit héritage d'un oncle – et mes deux mains nues. Si j'avais seulement eu, comme vous, une solide exploitation à l'étranger... Mais ça a marché ! Au bout de quelques années c'est devenu florissant. Toute modestie mise à part, bien sûr. J'ai eu des employés capables. Chargement et déchargement. Eh oui ! On a entendu parler du sens des affaires de madame Dina, autrefois. Et on ne devient pas plus bête en vieillissant ! Pardonnez-moi de rappeler que les années passent. C'est pareil pour tout le monde.

– Dieu merci ! interrompit-elle en se levant et déclarant qu'elle allait faire sa promenade du soir sur le monticule.

Acceptait-elle qu'il lui tienne compagnie ? De cette

manière il pourrait l'informer des routines et de l'économie du chantier projeté.

– Non merci, je me promène toujours seule à cette heure-ci, vous comprenez, Olaisen.

Tout en mettant son châle sur ses épaules, en quittant le salon, elle ajouta avec amabilité :

– Je crois que Reinsnes a déjà largement investi chez Olaisen.

– Ah bon ? dit l'homme éberlué.

– Avec Hanna, n'est-ce pas ?

Wilfred se reprit très vite. En affaires, il n'était pas bon de se vexer. Il opina dans ce sens.

– Elle est belle et travailleuse, et a un bon entendement, dit-il en la considérant d'un air connaisseur.

Hanna fixa un point sur le mur derrière Dina. Elle y enfonça sa honte. Elle avait le sentiment que Dina se moquait de son mari. Et l'amenait à l'humilier, elle, sans même qu'il s'en rende compte.

Et Benjamin ? Ils avaient à peine échangé un regard depuis son arrivée. Un étranger pour elle, ici au milieu des siens. Etait-il venu à sa rescousse ? Non ! Il avait même eu l'air de s'amuser lui aussi.

Une ride de chaque côté marqua sa bouche pour le reste de la journée.

Cependant Dina ne sous-estimait aucunement le jeune entrepreneur. Le jour même, après le départ des visiteurs, tandis qu'elle terminait la soirée au salon avec Anna, Benjamin et Anders, Dina leur fit part de ses pensées.

– Wilfred Olaisen... Il y a combien de temps qu'il domine Strandstedet ?

Anders et Benjamin se regardèrent étonnés.

– Je crois que c'est quand Benjamin est revenu. En 72. Il est venu s'occuper de l'expédition du vapeur, dit Anders.

– J'ai entendu dire par l'instituteur de Strandstedet qu'on pensait à lui comme candidat à la mairie, dit Anna brusquement.

Il y avait déjà un moment que Benjamin était las d'entendre parler de Wilfred Olaisen. Il bâilla et hocha la tête avec indulgence.

– Eh bien merci, comme maire, on ne peut pas trouver mieux !

Anna le regarda avec étonnement, comme elle le faisait toujours quand il manquait de tact. Mais elle ne dit rien.

– Quel âge a-t-il ? demanda Dina.

– Trente-cinq ans, dit Anna.

– On est bien au courant, dit Benjamin d'un ton aigre.

Anna se taisait, mais Dina ne se laissait pas démonter.

– Trente-cinq ans est un bon âge pour une machine de son calibre.

Les hommes lui prêtèrent attention. Comme s'ils cherchaient un sens à ces mots. Anna, au contraire, demanda sans attendre.

– Que veux-tu dire ?

– Vous ne l'avez pas vu ? Vous qui le connaissez ? Cet homme réalise tout ce qu'il veut.

– Est-ce un défaut ? demanda Anna.

– Non, c'est une bénédiction pour nous tous. Il nous faut seulement tolérer sa manière de faire pour tirer partie du résultat.

Maintenant c'était Anders qui commençait à en avoir assez de l'intérêt que portait Dina à Olaisen. Il leur souhaita bonne nuit.

Les deux autres se levèrent presque aussitôt.

Dina resta encore un peu, puis elle emporta son verre sous la tonnelle, comme autrefois. Mais à une différence près. Quand il fut vide, elle n'alla pas chercher la bouteille mais fit encore un tour sur le monticule.

– Pourquoi n'aimes-tu pas Wilfred Olaisen ? demanda Anna.

Benjamin était en train d'enlever son gilet.

– Qui a dit que je ne l'aime pas ?

– Moi. Et c'est clair pour tout le monde. C'est blessant pour Hanna.

– Je n'en sais rien, dit-il, grognon, en bâillant.

– C'est à cause de Hanna ?

Il lui jeta un rapide coup d'œil.

– Quoi, Hanna ?

– Elle aurait préféré quelqu'un d'autre ?

– Peut-être.

– Ce n'est pas la faute de Wilfred.

– Non ce n'est pas la faute d'Olaisen.

– Pourquoi es-tu si méprisant ?

– Envers Olaisen ?

– Envers moi.

Il arracha vite son dernier vêtement et resta nu devant la fenêtre dans la lumière de juin.

– Ce n'était pas mon intention, dit-il en la prenant dans ses bras.

– De temps en temps tu es insupportable !

– Pas vis-à-vis de toi ?

– Cela arrive ! Comme ce soir à propos d'Olaisen. Et je ne le supporte pas !

– Je vais essayer de m'améliorer, murmura-t-il dans ses cheveux.

– Tu regrettes ?

– Oui ! Et je te promets ! murmura-t-il.

– Bon, ça va pour cette fois.

Elle était si fraîche. Presque sans défaut. Dépourvue de tout caprice et de toute méchanceté. Son meilleur camarade. Mais il ne pouvait pas lui parler comme à Aksel. Car elle ne savait pas riposter, elle se contentait d'être blessée. Elle ne pouvait servir d'adversaire que dans des discussions sur l'art ou la musique.

Quand elle brossait sa chevelure brune, comme elle venait de le faire, et la laissait flotter sur ses épaules, il se sentait heureux. Parce qu'elle était avec lui. Quand elle posait ses grands yeux bleus sur lui, comme maintenant, et lui demandait des comptes, il pouvait ressentir une intense antipathie. Presque de la colère. Surtout parce qu'elle avait souvent raison, et qu'il ne pouvait pas s'empêcher de se défendre.

Mais pas ce soir. Il lui aurait donné raison, quoi qu'elle dise. Il suivait avec sa main les lignes de son corps. Sa bouche trahissait plus que tout autre chose son humeur. Elle pouvait être mince et incolore comme un pétale de rose sous la neige. Ou bien rouge et pleine comme un verre de vin longtemps attendu. Ce soir elle était assez mince et décidée.

– C'est un véritable artiste qui t'a faite. Il a employé des formules mathématiques pour t'harmoniser aux planètes dans l'univers. Il y a ni trop d'Anna, ni pas assez d'Anna. Une étoile, et vivante malgré tout, murmura-t-il en suivant la forme de sa tête avec ses mains.

– Ta pensée, Anna, est comme une étoile filante. Une comète ! Belle, mais dangereuse. Et tes mots touchent un loup-garou en plein cœur. De cette façon, tu domptes le loup.

Elle rejeta la tête en arrière et ferma les yeux en riant.

– Ou comme ce soir, quand le loup l'avait blessée parce qu'il en avait assez des dithyrambes de Dina sur Wilfred Olaisen. Anna l'avait deviné et aurait pu se moquer de lui. Mais la dangereuse comète s'était transformée en déesse, qui n'humilie pas mais protège ! Elle a préféré dire qu'elle était blessée plutôt que d'humilier un loup ridicule. Car elle savait que si elle l'avait fait, il l'aurait mordue à la gorge. Comme ça !

Elle était en fine chemise de nuit contre son corps nu, et se laissait mordre doucement. Il sentait avec joie qu'elle s'abandonnait.

Bien plus tard, alors qu'il la croyait endormie, il entendit :

– Tu crois qu'on n'aura jamais d'enfants ?

Il se retourna vers elle, la prit dans ses bras.

– Il est beaucoup trop tôt pour y penser.

– Deux ans, c'est long... pour y penser.

– Bon, si tu y tiens. Et que penses-tu ?

– Que tu aurais dû choisir une femme plus fertile.

– Et qu'est-ce que j'aurais fait avec elle qu'on ne peut pas faire nous deux, dit-il en riant.

– Tu es bête.

Il la lâcha pour mettre ses bras sous sa tête.

– J'essaie de trouver de bonnes raisons, c'est peut-être de ma faute, dit-il.

– Ta faute ? Je n'y avais pas pensé.

– Alors penses-y à l'avenir.

Ils restèrent ainsi un moment.

– Mais tu as eu Karna.

– Après Karna, j'ai complètement changé. Alors pourquoi pas dans ce domaine aussi.

– Tu essaies seulement de me consoler... en partageant la responsabilité.

Et il avait prononcé avant même de savoir ce qu'il disait :

– En tout cas tu n'as pas peur d'être enceinte comme...

Le mot « comme » ? L'avait-elle entendu ? Le mettait-elle en relation avec la mère de Karna ? Ou une autre ?

Pourquoi avait-elle soulevé la question juste ce soir ? Après la visite de Hanna ?

Même si ce soir elle avait saisi le « comme », elle

n'était pas forcée de le mettre en relation avec Hanna.

Ou alors ? Connaissait-il vraiment Anna ? Avait-il cessé de la découvrir le jour où elle était entrée dans la maison ?

Elle ne le harcelait jamais pour qu'il accepte l'aide de son père pour continuer des études. Faire de la recherche. Quand ils en parlaient, c'était lui qui mettait la question sur le tapis.

Comprenait-elle mieux que lui qu'il n'y pensait pas vraiment sérieusement ? Etait-ce pour cette raison qu'elle ne l'ennuyait pas avec cela ? Avait-il vraiment choisi le Nordland pour que Karna puisse avoir ses crises en paix, évitant l'opprobre des gens ou leur pitié ? Ou bien restait-il parce que l'inconnu lui faisait peur ?

Il l'attira contre lui et murmura :

– Merci de partager tes pensées avec moi ! Avant que tu viennes, c'était plutôt chose rare à Reinsnes.

– En effet...

– Je veux te poser une question... Crois-tu que l'amour n'existe que dans les lettres, qu'il s'effrite et disparaît quand on le vit ?

– C'est ce que tu ressens ?

Il comprit qu'encore une fois il était arrivé à la blesser.

– Non, mais j'ai peur que ce soit toi. Que tu te rendes compte que je ne suis pas celui que tu croyais. Que tu t'en sois aperçue trop tard.

Elle réfléchit. Nom d'une pipe elle avait hésité ! Comme s'il venait de toucher le point faible. Il se sentit mal à l'aise.

– Je n'ai pas choisi. Ce n'est pas aussi simple. Je ne pouvais pas vivre sans toi. Je t'ai déjà dit que j'avais vraiment essayé, sans y parvenir.

Il fut soulagé. Mais peut-être était-ce une consolation ? Un mensonge ? Qu'en savait-il ? Mais cela lui était nécessaire. Il se rendit compte qu'il n'avait pas osé lui demander si elle se plaisait ici. Pas depuis le premier printemps où sa nostalgie était si visible.

– Tu as pris une décision. Tu es venue. Moi je me suis contenté d'écrire des lettres en restant ici et en rêvant d'amour, dit-il.

– Ce sont ces lettres qui l'ont entretenu, dit-elle en souriant.

– Mais une lettre n'est pas réelle. Elle ne dit pas toute la vérité.

– La vérité ? C'est l'instant, Benjamin ! Seulement l'instant ! Ne pas se laisser influencer par ce qui a été, ne pas rêver à ce qui pourrait être. C'est maintenant ! Quand je suis couchée avec toi et que nous partageons ce qui est important pour nous. Et tu es la seule personne au monde que j'ai choisie d'aimer. C'est la vérité, juste maintenant.

## Chapitre 4

Un matin Dina déclara qu'elle voulait aller seule à Strandstedet. Juste pour voir si elle était encore capable de diriger un bateau, après toutes ces années. Immédiatement Karna voulut l'accompagner.

– Faut d'abord que je vois si je peux me transporter moi-même avant de prendre des passagers, tu comprends, dit Dina avec fermeté.

– Si tu sais pas te tenir dans un bateau, tu peux pas partir, parce que tu vas te noyer, argumenta Karna.

– J'y arriverai sûrement. Mais ça m'amuse de partir seule la première fois. Benjamin n'a pas le droit de m'accompagner lui non plus. Tu viendras la prochaine fois.

Pour Karna, qui n'avait pas quitté Dina d'une semelle depuis son arrivée, c'était un mauvais jour. Mais elle comprenait, sans que personne n'ait à le lui dire, qu'il ne servait à rien de piquer une rage pour obtenir quelque chose de sa grand-mère.

Les constructions s'étalaient entre la pointe du cap et la baie profonde, bien au-delà des limites de l'ancien habitat en bordure de mer. Comme une grande marée qui aurait laissé derrière elle des tas de rondins, de morceaux de bois à la dérive, d'algues et de planches.

L'église en pierre était bien à sa place, un peu en retrait à l'intérieur du cap, à bonne distance du brouhaha profane qui entourait le port et les maisons de commerce.

Les champs se trouvaient pour la plupart à l'ouest du cap, vers le détroit, de l'autre côté de la moraine qui n'était d'aucune utilité au négoce.

Strandstedet était blotti frileusement sur une pente protégée par les îles et les îlots. Bien à l'abri des vents et de l'océan arctique.

Une poignée de hangars de grandeur diverse et plus ou moins bien entretenus entourait le quai du vapeur. Des habitations avec leurs remises à bois, leurs écuries et leurs étables étaient dispersées au hasard le long des routes. Autour du quai et des hangars se groupaient quelques négociants, le bureau de poste, le batelier et le télégraphe.

Sur une petite hauteur, juste assez pour être visible dès l'entrée du port, dominait l'Hôtel Central, peint en blanc avec ses encadrements de fenêtre vert foncé et ses décorations sculptées.

Il était doté de quatre solides cheminées sur le toit. Deux d'entre elles auraient dû rendre de la fumée, si l'on avait voulu faire croire que les affaires étaient bonnes. La chambre mansardée au premier étage était dotée d'un balcon qui reposait sur trois poutres transversales soutenues par des arcs-boutants. On aurait dit une couronne, avec les sculptures entre les poutres.

Dina contempla tout cela en souriant, la tête un peu penchée sur le côté, avant de continuer son chemin.

La route grimpait entre des rangées de maisons jusqu'au sommet de la côte où dominait une maison plus importante, un peu à l'écart, entourée d'une barrière peinte, de groseilliers bien entretenus et de sorbiers verdoyants.

En s'approchant elle remarqua un jeune mélèze et des buissons de roses dans le coin exposé en plein sud entre la véranda vitrée et le mur du salon. Cela pouvait être le signe d'aspirations à un milieu social plus élevé. Ou alors d'un rêve de vivre sous d'autres latitudes.

Certains trouvaient sûrement cela exotique et s'exclamaient d'admiration, tandis que d'autres n'exprimaient que du mépris pour cette tentative d'en jeter plein la vue.

En effet, à leur avis, c'était assez effronté de la part d'une fille de Lapone et d'un simple employé de boutique (qui de surcroît s'était pendu) de vouloir reproduire le jardin de Reinsnes.

Mais plus on approchait, plus on se rendait compte que madame Olaisen n'en faisait qu'à sa tête. Du sable blanc dans les allées et des pierres rondes le long des plates-bandes, un mélèze et des primevères obligeaient les gens à ralentir en remontant la pente pour jeter un coup d'œil par-dessus la clôture.

Ensuite, on pouvait toujours confier au rédacteur du journal local qu'il était incroyable de penser que la mère de madame Olaisen soit née dans une hutte de Lapons.

Hanna avait engagé un homme à plein temps pour creuser la terre et planifier le sol ; la rumeur s'en était répandue jusqu'à Reinsnes. Comme si les gens n'avaient pas eu de jardin avant que les Olaisen fassent construire. Et puis il y avait ce garde-manger qui était bien trop grand ! On aurait pu croire qu'ils y conservaient plusieurs animaux de boucherie en même temps.

La seule chose qui peut-être trouvait grâce aux yeux des gens c'était les pieds de rhubarbe tout ordinaire qui étalaient leurs feuilles d'un vert vénéneux sur le tas d'asticots d'Isak.

Et Hanna lui servit ce qu'elle avait de meilleur. Une tarte à la rhubarbe, bien entendu. Dina fit remarquer qu'elle était meilleure que celle d'Oline. Enfin, au moins aussi bonne.

Hanna sourit plusieurs fois et, comme le voulait la coutume, insista pour qu'elle en reprenne. Dina ne correspondait pas au souvenir qu'elle avait d'elle. En fait, elle était plus aimable, pas aussi acerbe. Hanna oublia qu'elle en avait un peu peur autrefois.

Presque enthousiaste, elle vantait les vertus de la rhubarbe. Depuis qu'elle était toute petite, en été. Elle se souvenait que Benjamin et elle... Là elle fit une légère pause et son regard effleura son mari, avant de continuer. Elle la mangeait crue, cueillie directement. Une délicieuse acidité lui faisait froncer le nez et lui râpait la bouche jusqu'à lui faire mal aux muscles derrière les oreilles. Ou bien Oline mettait du sucre dessus.

Elle continua, avec un peu plus d'animation maintenant. Racontant qu'elle avait l'habitude de confectionner des desserts aux fruits rouges parce que Wilfred aimait ça. Ça demandait pas mal de fécule de pomme de terre, évidemment. Mais ça en valait la peine, quand on en avait les moyens, comme on disait. Avec un morceau de cannelle ou deux, et beaucoup de sucre, on en faisait un dessert que l'on pouvait même, si besoin, servir au préfet.

Dina reprit du gâteau et dit que la tarte à la rhubarbe de Hanna n'était pas à dédaigner. Sa renommée s'était étendue jusqu'à Reinsnes.

Wilfred Olaisen était un hôte empressé, et tout homme qu'il était, cela ne l'empêchait pas de leur servir le café à tous les trois. Et du porto, bien évidemment.

Il fit à Dina les honneurs de la grande maison. Tout était parfaitement en ordre de la cave au grenier. Grâce à son épouse, comme il disait si aimablement.

Dina ne manqua pas d'être impressionnée. Elle s'y connaissait en porcelaine et en argenterie et ne recula pas quand les tiroirs et les armoires furent ouvertes pour lui montrer toutes leurs richesses. Elle loua les meubles et les tentures. L'allée nouvellement plantée qui n'avait pas encore pris racine. Et la véranda aux vitres colorées donnant sur la route.

– N'aurait-elle pas dû avoir vue sur la mer ? fut sa seule remarque critique.

Mais Olaisen en savait assez sur la mer. Il en était las.

Il préférait regarder passer les gens à travers des bulles de verre rouges, jaunes et vertes. Les gens l'intéressaient, disait-il en gratifiant Dina de son plus beau sourire. Il voulait savoir qui passait par là, à pied ou à cheval. Les routes, c'était l'avenir, il ne fallait pas l'oublier.

Non, bien sûr que Dina ne l'oubliait pas. Mais le vapeur ? Il venait juste de dire que le vapeur c'était l'avenir.

Olaisen était en forme cet après-midi-là et lui expliqua que le vapeur ne représentait qu'un stade intermédiaire. N'avait-il pas gagné de l'argent en transformant *Le Cygne* en bateau à vapeur pour transporter les appâts aux Lofoten et au Finnmark ? Il y avait des années qu'il avait dit à Anders qu'il fallait miser sur la vapeur. Il lui avait proposé de devenir son associé pour la construction du quai. Mais Anders ne s'était pas laissé persuader.

C'était son affaire. Olaisen avait investi sa propre fortune. Avec un prêt, bien entendu. Ce n'était pas bien difficile à obtenir si on avait de bonnes relations. Mais pas trop. Il ne fallait pas trop emprunter. Juste assez pour ne pas en perdre le sommeil.

Il avait également racheté à Anders ses sennes à harengs. Et ses rochers à faire sécher la morue. Pour être juste, ça n'avait pas encore rapporté grand-chose. Mais s'il n'avait pas de projet en cours, un espoir sur lequel miser, il ne se sentait pas bien.

La pire des choses pour lui serait de rater un projet sur lequel il avait misé. Et quant au hareng, c'était comme les saisons. Ça se répétait, mais pas chaque année. Il fallait avoir confiance. Etre patient. Attendre.

Et un beau jour le miracle se faisait ! Alors, c'était à la senne qu'il fallait y aller. On ne pouvait pas se mettre à pêcher à l'hameçon ou autre broutille. Il fallait ramasser à la pelle cette richesse offerte en telle abondance par Notre Seigneur !

Dina fit remarquer qu'il avait dû avoir ces sennes à bas prix puisqu'il les avait prises toutes les trois, alors qu'Anders continuait à payer ses dettes à Bergen ?

Ça, Olaisen l'ignorait complètement. Il en était désolé. C'était peut-être d'autres dettes qu'Anders avait à payer. Bien sûr, il avait obtenu un prix raisonnable. Raisonnable pour tous les deux. Il avait oublié la somme. C'est vrai. Mais ce n'était pas si bas que ça. Non, vraiment.

Dina lui dit qu'il ne devait pas être un négociant bien regardant puisqu'il ne se souvenait pas du prix de trois sennes à hareng. Elle comprenait qu'il n'en perde pas le sommeil. Il dormait donc sur ses deux oreilles, bien que le prix du hareng soit resté assez bas ces dernières années ?

Il était étonné qu'elle soit si bien renseignée et admit que les prix étaient bas et la pêche irrégulière. Mais cela lui assurait des revenus réguliers, car il livrait en plus des appâts. Des appâts frais !

Strandstedet s'était agrandi ces dernières années. Madame Dina devait bien se souvenir de ce que c'était avant son départ pour Berlin ? Pas de quoi se vanter !

Non, vraiment. Mais il avait participé à l'évolution et au développement ! S'il lui était permis de le faire remarquer ? Les gens commençaient à sortir de la pauvreté. Il y avait maintenant quatre nouveaux négociants. On avait construit le long de la côte, ainsi que sur l'Ile et autour du port.

Mais on manquait d'investisseurs. Tout le monde était tellement méfiant. Tellement réactionnaire. On avait tellement peur que quelqu'un puisse gagner quelques couronnes en plus.

Prenez l'Hôtel Central par exemple. Le propriétaire était venu de Trondhjem pour tenir un hôtel en province. Cela avait suffi à éveiller la méfiance des gens. Sa harpie de femme n'arrangeait pas les choses non plus. Finalement le malheureux en est mort. Et son beau-frère, le boulanger, avait repris l'affaire et installé sa boulangerie dans la cave.

Mais il n'avait jamais eu l'intention de tenir un hôtel. Son pain lui suffisait. Bien sûr que ça amenait de la vie et de la gaieté dans le coin. Mais ça n'en devenait pas un hôtel pour autant.

En plus de ça il avait la veuve sur le dos, qui était sa propre sœur. Elle se mêlait de tout sans avoir d'autres connaissances que les derniers ragots du coin. C'est pour cela que tout allait à vau-l'eau ! Mais madame Dina pensait-elle que le boulanger allait vendre ? Et bien non !

Olaisen avait l'intention de construire un nouvel hôtel. Peut-être bien acheter le Central... quand il serait vendu aux enchères. Les prix étaient souvent avantageux dans ces cas-là, s'il y avait peu d'acheteurs.

Pour qu'un hôtel soit rentable il ne suffit pas de servir du café et des crêpes. Il faut des plats cuisinés et des desserts raffinés ! Eh oui !

Ce n'était pas l'exploitation en elle-même qui l'inquiétait. Il suffisait de trouver son propre style. Et les capitaux. Bien sûr, avant tout, les capitaux ! C'est pour cela qu'il voulait s'associer madame Dina. Au fait, utilisait-elle le nom de son premier mari ou du second ? Il avait vu qu'elle utilisait les deux, ou bien se trompait-il ?

– Olaisen est bien au courant, mais il se trompe, dit-elle sèchement, sans dire en quoi il se trompait. Par contre elle lui posa des questions sur les projets de route vers le sud. Pouvait-on s'attendre à des visiteurs venant de loin en voiture ? Il y avait déjà une auberge.

Olaisen s'anima et déclara qu'elle tapait dans le mille. Elle connaissait l'aubergiste ? Elle allait bien voir, quand on aura un palais de justice et une foire annuelle. L'avenir, c'était véritablement la route. Les voitures. Elle verrait qu'il avait raison. Il fallait regarder loin devant soi. Il ne fallait pas se perdre dans le passé. Tout allait si vite, si vite. Si seulement ils pouvaient mettre en route...

– Et si le boulanger vend pour ne pas faire faillite ?

– Le malheureux n'a pas assez d'énergie pour mettre en vente. La seule chose qui l'intéresse c'est son four à pain.

– Ce qui intéresse Olaisen, c'est de construire du neuf ? Entrer en concurrence ?

– Le boulanger ne risque pas d'être un concurrent.

– Mais quelqu'un d'autre ? Si le boulanger vend ?

– Je m'en ferais un plaisir. Mais où en étions-nous ? Ah oui, puisqu'on est là à parler de tant de choses, c'est un chantier naval auquel je pense pour l'instant.

Là il fit une pause et lui remplit galamment son verre avant de continuer.

– Si madame Dina avait des capitaux à placer...

Elle leva les sourcils et le toisa en souriant.

– Mon cher Olaisen, j'ai l'habitude de traiter mes affaires en tête à tête. Et je suis venue ici pour rendre visite à Hanna.

Olaisen changea immédiatement de sujet. Mais au bout d'un certain temps il lança un regard vers Hanna. Elle se leva et dit qu'elle allait mettre le petit au lit.

Olaisen obtint enfin l'entretien qu'il désirait. En tête à tête.

Une fois Dina partie, il fit des allées et venues d'un mur à l'autre, levant les bras en triomphe. Il déclara à Hanna que la réussite était assurée.

Personne ne pouvait surpasser Olaisen dans les affaires à Strandstedet ! Car madame Dina et lui allaient construire un chantier naval. Ensemble, en associés. Sur la plage, près du quai.

Il ne restait plus qu'à mettre en route les formalités et attendre l'accord des autorités, son prêt et les capitaux de madame Dina de l'étranger.

Mais elle l'avait prévenu. Il devait garder tout cela pour lui jusqu'à ce qu'elle en ait informé ses proches.

Après sa conversation avec Olaisen, Dina alla droit à l'Hôtel Central et demanda une chambre pour la nuit.

Elle inspecta les lieux et demanda à voir trois des chambres avant de décider où elle allait dormir. Elle était très sensible au bruit, expliqua-t-elle.

Le salon et la salle à manger étaient encombrés de peluche poussiéreuse, de meubles usés, et sentaient le graillon. Ce n'était pas irréparable. Les fenêtres étaient en bon état autant qu'elle pouvait en juger. Il fallait bien sûr des améliorations à l'extérieur comme à l'intérieur.

Une fois placée près de la fenêtre de la chambre mansardée elle reprit mentalement les calculs d'Olaisen concernant une construction neuve, le prix du bois de construction et des vitres. Il avait remarqué que la toiture et les cheminées étaient en bon état.

Tandis qu'elle faisait ses calculs, bien plus largement qu'Olaisen, elle se mit à siffler doucement. Un petit sifflotement entre les dents, comme celui des vendeurs de journaux à Berlin quand la vente allait bon train.

Elle demanda à la serveuse dans la salle à manger si le boulanger Nikolaisen était chez lui, et s'il avait le temps de recevoir la Dina, de Reinsnes.

Elle fut invitée dans l'appartement privé. Le boulanger-hôtelier était aimable, mais avait l'air désorienté. L'analyse qu'avait faite Olaisen semblait juste. Même s'il s'était repeigné et avait enlevé son tablier.

Mais l'homme n'était pas bête. Et il portait des chaussures neuves. Elles grinçaient. Elle évita tous les préambules qu'elle aurait employés à Berlin et se dépêcha de demander si le bruit qui courait qu'il voulait vendre était fondé.

Il était confus et trouva des tas d'excuses. Mais il eut assez d'audace pour demander d'où elle avait pris cela.

Elle en avait entendu parler à divers endroits, reconnut-elle. Mais personne n'en était sûr. Et comme il n'était pas dans ses habitudes de tenir compte des ragots, elle venait lui poser directement la question.

L'homme opina du bonnet, un peu honteux. Se plaignant du manque de voyageurs. Du mal qu'avaient les gens à accepter de payer pour le vivre et le couvert. Il lui fallait aussi un apprenti à la boulangerie et une serveuse à l'hôtel. Pour aider sa sœur.

Elle l'écouta et l'assura de toute sa compréhension, puis elle demanda quel prix il pensait en tirer. Après une nouvelle séance d'explications et de nouvelles déclarations de sympathie elle finit par obtenir un chiffre.

C'est alors qu'elle déclara tout de go qu'elle était acheteuse, à moitié prix, et payait comptant.

– Comptant ? dit l'homme avec un peu trop de zèle.

– Comptant ! Mais alors cela comprend la boulangerie dans le sous-sol, avec tout son équipement. En contrepartie tu peux louer le sous-sol pour une période de cinq ans.

Il perdit contenance. Et secoua énergiquement la tête. La boulangerie était tout ce qui lui restait.

Elle comprenait bien, mais elle ne pouvait pas acheter

une maison dont le sous-sol et le terrain appartenaient à un autre. Il fallait se mettre à sa place.

– Et si je louais à vie ?

Non, répliqua-t-elle, il pouvait vivre vieux et devenir gâteux, et elle risquait ainsi d'avoir à supporter un ouvrier boulanger. Elle ne pouvait pas acheter en ces conditions.

Le menton de l'homme retomba sur sa poitrine, puis, récalcitrant, il finit par accepter.

– L'affaire reste entre nous jusqu'à ce que tout soit arrangé ? demanda-t-elle.

Il fit un signe affirmatif à nouveau et lui tendit la main. Elle était toute blanche et presque sans ongles.

## Chapitre 5

Anders était assis un soir sur un banc près de la hampe du drapeau quand Dina vint le rejoindre.

Elle restait debout entre le soleil et lui. Une silhouette sombre encerclée d'un trait incandescent.

Il porta la main au-dessus de ses yeux et leva son regard vers elle.

– Alors, tu es assis là, Anders ?

– C'est devenu une habitude, en été.

– Je ne t'ai pas encore vu ici.

– Non, j'ai entendu dire que tu voulais être seule sur le monticule quand tu te promenais.

– Et c'est à cause de moi que tu n'y es plus venu ?

– Dans un sens, oui.

– Mais pas aujourd'hui ?

– Pas aujourd'hui.

Il lui fit place sur le banc.

Elle s'assit silencieusement en gardant une certaine distance. Et ils restèrent ainsi à contempler le brillant de la mer au loin. Ensemble.

– Elle est belle ce soir, dit-il sans bouger.

– Oui.

Une embarcation approchait avec lenteur. C'était un bateau à rames. Il disparaissait par moments au creux des vagues molles. La mer était comme un immense miroir en mouvement.

– Tu vas souvent à Strandstedet ?

Elle fixait le soleil directement.

– A ce que j'ai compris, après notre dernière conversation, tu trouves ma présence ici... difficile. Les gens jasent.

Anders s'était coupé le dos de la main, il y avait de cela longtemps. La coupure avait laissé une solide cicatrice à cet endroit. Il laissa glisser dessus sa main droite pour s'assurer que la cicatrice était toujours là. Son pouce passait lentement sur la marque.

– Si tu y avais un tant soit peu réfléchi, tu aurais compris ce que je voulais dire, dit-il calmement.

– Je t'ai pris au mot et je me suis trouvé une autre occupation.

Ils se tournèrent en même temps l'un vers l'autre.

Elle avait viré son corps en entier. Il y avait quelque chose de menaçant dans son geste. Mais sa voix était presque gaie quand elle se mit à parler.

– J'ai acheté l'Hôtel Central et je vais le rénover.

Il ne savait trop quoi penser, ni quoi dire.

– C'est sérieux ou c'est une blague ?

– C'est sérieux.

– Que Dieu me pardonne... commença-t-il, décontenancé.

– C'est plutôt moi qui devrais dire ça, répliqua-t-elle.

– Qu'est-ce que tu vas en faire ?

– L'exploiter ! Y habiter. En tout cas pour le moment.

Il se donna une claque sur la cuisse.

– Et c'est ma bêtise qui t'a poussée à cette folie ?

Elle ne répondit pas, mais ajouta :

– J'ai aussi acheté une part dans le chantier naval d'Olaisen. J'y crois.

– Et Benjamin est au courant ? demanda-t-il avec effroi.

– Non, tu es le premier à qui j'en parle.

– Benjamin va être furieux.

– Olaisen a pas la lèpre, il a un vrai talent d'entrepreneur. Il avait besoin d'un associé. Ça va rapporter ! A Reinsnes.

– Ça n'annonce rien de bon. Mais tu fais ce que tu veux.

– En effet, dit-elle avec légèreté.

– Alors on ne va pas te voir beaucoup à Reinsnes.

– T'as qu'à faire un signe, et je viendrai. Mais je ne peux pas empêcher les gens de jaser, ils l'ont toujours fait. Ils ont dû en raconter de belles sur moi durant les années où j'ai été absente.

– Comment le sais-tu ?

– Même ceux qui n'étaient pas encore nés quand je suis partie me reconnaissent quand ils me rencontrent.

– C'est curieux... Qu'est-ce que tu voulais dire... te faire un signe ?

Elle posa sa main sur la sienne. Très vite. Comme dans un souffle, pensa-t-il.

– Je sais bien que je ne peux pas compter sur ce qu'il y avait entre nous avant mon départ. J'ai tout gâché.

Mais si tu veux de moi, je suis revenue. Vers toi !

Quelques cris de mouettes passèrent au-dessus d'eux. Et la tache que formait le bateau disparaissait encore parfois là-bas sur le banc de poissons.

– La pêche doit être bonne là-bas, fit-il.

Ils restèrent un moment sans rien dire.

– Tu as eu du chagrin, Dina, quand il est mort ? demanda-t-il brusquement.

– Oui ! Probablement. Lui, de son côté, m'en voulait depuis que je l'avais quitté quand il avait vraiment besoin de quelqu'un. C'était un drôle de chagrin.

– Il avait besoin de quelqu'un, lui aussi ?

– Oui.

– Et malgré ça il t'a laissé tout ce qu'il avait ? Et tu es revenue pour construire et acheter et rénover. Pour partager entre Reinsnes et Strandstedet.

Elle lui fit un clin d'œil. A plusieurs reprises. Pas tout à fait certaine qu'il se moquait d'elle.

– En fin de compte, je fais ça surtout pour moi-même. Maintenant, j'en ai les moyens. Alors, il faut en profiter pour réaliser quelque chose. Enfin ! J'ai tant de choses à racheter. Faut bien commencer quelque part.

Il avança la main pour toucher la sienne. D'un mouvement léger, juste comme elle l'avait fait. Mais il se ravisa. Il y posa sa main. Et l'y laissa.

– J'ai pas de grands capitaux à investir dans l'affaire, mais je suis pas encore mort. Y a que la vue qui m'fait défaut. Si j'ose dire.

Il la regardait droit dans les yeux, autant qu'il le pouvait et continua :

– J'sais pas trop comment les choses vont tourner. Mais quand tu en auras assez de Strandstedet et quand tu reviendras à la maison... je veux alors que tu dormes avec moi, Dina. Si tu le veux bien ?

Elle restait assise sans bouger. Il n'arrivait pas à la voir clairement, elle était trop près. Mais la main sous la sienne bougeait. Elle était sans gants aujourd'hui.

Hésitante, elle se mit à raconter. Il ne comprit rien tout d'abord. Il s'agissait d'une chambre. Et il finit par comprendre qu'il s'agissait de l'endroit où elle avait habité à Berlin. Elle décrivait la vue qu'elle avait de la fenêtre. De grands arbres.

Elle voulait sans doute lui donner quelque chose, pensa-t-il, car autant qu'il s'en souvienne, elle n'avait pas l'habitude de raconter sa vie. En tout cas pas avec tant de mots.

Il y avait eu un agent immobilier de l'autre côté de la rue. Il avait un aspect bizarre, comme s'il ne savait pas trop où il se trouvait. Comme s'il appartenait à une autre planète. Exactement comme elle. Il était d'origine polonaise. C'était probablement pour ça, pensait-elle. Mais il avait d'excellentes manières. Elle n'avait jamais remarqué sa soi-disant avarice. C'était des ragots.

Et pendant qu'elle parlait Anders comprit, non pas ce que l'homme de Berlin, mais ce que Dina avait enduré. Ce qu'avait été sa vie d'étrangère.

Elle parlait si bien du fleuve qu'il comprenait qu'il ne

s'agissait pas là d'une rivière ordinaire. Il aurait voulu lui en demander le nom, mais hésitait à l'interrompre. Ce cours d'eau éternel entre deux berges. Toujours entre deux berges. Pas comme ici, avec un horizon au loin. Non, tellement différent. De l'eau condamnée à couler entre deux berges.

Elle parlait des arbres. Imposants et bruissants à tel point qu'on aurait pu croire entendre le mugissement de la mer.

A plusieurs reprises il avait eu envie de lui poser des questions. Mais c'était impensable. Ce n'était pas le moment. Et il finissait par les oublier au fur et à mesure qu'elle avançait dans son récit.

Et au milieu de cette histoire d'arbres elle laissait prudemment l'homme apparaître. L'agent immobilier dont elle avait voulu parler dans le bureau. Avec qui elle avait vécu ? Qu'est-ce que ça voulait dire ?

Et Anders comprenait que le voyageur qui rencontre un grand arbre se glisse facilement sous ses branches. Pas par passion, mais simplement parce que cet arbre offre de l'ombre juste au moment où on en a besoin.

Une sorte de faiblesse le remplissait quand il la regardait. Elle était dans tout ce blanc. La réverbération venant de la mer ? Ou la brume des marais dans sa propre tête ?

N'importe. Il savait à quoi elle ressemblait. Sa bouche qui se retroussait sur les mots. Ses narines qui se gonflaient sous la pression des mots. Ses cils qui battaient ses joues. Seigneur, pitié pour un vieil homme ! Sa gorge. Sûrement lisse et puissante bien que marquée par l'âge.

Sa main reposait toujours sous la sienne, et elle lui présentait des images. Des images d'elle-même. Des berges verdoyantes. Elle avait dit le nom : Spree. Et des toits aussi loin que l'œil pouvait voir. Beaucoup, beaucoup plus nombreux qu'à Bergen. Et des cheminées. On ne pouvait pas les compter.

Et sans savoir comment cela s'était fait, toutes ces années s'étaient effacées. Ces terribles années de solitude, ces années détestées pendant lesquelles il était resté à Reinsnes comme un spectre marin.

C'était comme si elle n'était jamais partie. Oui, même mieux que ça. Car tout n'allait pas aussi bien que ça avant son départ. Mais quelle importance cela avait-il puisqu'elle était là maintenant ? A quoi servaient les questions et les réponses quand on a compris depuis longtemps que la vie ne dure que de minute en minute.

La sienne était juste maintenant. Et assis sur le banc du monticule au drapeau, ils voyageaient ensemble sur la mer, remontaient le large fleuve jusqu'à la grande ville où l'on parlait une langue étrangère.

C'est pourquoi il restait sans bouger, et s'intéressait aussi peu aux ragots des gens qu'aux moustiques. Il les laissait bourdonner. Un homme n'y prêtait pas attention. Cela ne le concernait pas.

Car que pouvaient bien savoir les gens de l'essentiel quand seuls les ragots et les moustiques les occupaient ?

Même s'ils comptaient toutes ces années d'absence, ils ignoraient tout. Tout de l'histoire qu'elle lui avait raconté à lui seul et personne d'autre. Tout de ce curieux mot qu'il avait autrefois possédé, puis perdu. Mais qu'il avait maintenant retrouvé sans avoir levé le petit doigt. L'amour.

Et la tendresse qu'il ne pouvait pas dissimuler la gagnait elle aussi. Elle se rapprocha de lui en lui parlant. Elle lui prit même le bras en lui racontant la vie musicale à Berlin. Les orchestres. L'opéra.

Et même si elle savait qu'il ne connaissait de la musique que ce qu'elle lui avait joué il y avait de cela longtemps, elle parlait de lui jouer un morceau spécial ce soir. Car elle pensait qu'il l'aimerait. De sa vie, il n'oublierait jamais le titre *Wiegenlied* d'un certain Johannes Brahms. Il pensait lui demander ce que ça voulait dire. Wiegenlied ? Mais il n'osa pas, il aurait fallu interrompre son récit.

Et tout en écoutant sa voix, il sentit son sang couler dans tout son corps. Pas comme à l'habitude. Non, comme le fleuve Spree entre deux berges. Une énorme force qui savait où se diriger. Il n'y avait qu'une seule direction à prendre entre deux berges.

Le spectre marin n'avait qu'à disparaître.

Depuis le retour de Dina ils avaient dîné tard, comme autrefois, ou comme le dimanche ou quand ils avaient des invités. Ce jour là, Anders se rendit à l'office et prit Bergljot à part.

– Ouvre le tiroir de mon lit*, s'il te plaît ! Et ajoute un duvet et un oreiller avant qu'on aille se coucher !

Bergljot garda une mine impassible. Acquiesça d'un mouvement de tête et se cassa en une révérence, comme des ciseaux à tondre les moutons. Mais elle ne put se retenir de répéter à Anna :

– Madame Anna, murmura-t-elle dès qu'elle en eut l'occasion, madame Anna ! L'Anders il veut que je fasse le lit pour deux et que j'ouvre le tiroir.

Anna opina gravement du bonnet, comme si Bergljot venait d'accomplir un exploit :

– Bien, ma bonne Bergljot, bien !

* Il s'agit d'une sorte de lit gigogne. Ancien lit en bois d'une personne portant un tiroir dans toute sa longueur qui, une fois ouvert, se transforme en lit de deux personnes. Encore très courant à la campagne de nos jours. (N.d.T.)

# Chapitre 6

Stine et Tomas allèrent à Strandstedet pour prévenir que la date de leur départ était fixée. Mais Hanna ne voulait rien entendre. L'Amérique ! Ils pouvaient périr en mer ! Ils pouvaient être attaqués et dévalisés, et même pire !

Bien sûr qu'elle avait fait un beau mariage et qu'elle avait tout ce dont elle avait besoin. Mais Ole et Sara ? Qu'allaient-ils devenir ?

Ils partaient avec eux, dit Stine.

Tomas s'en alla voir le terrain du chantier naval et Stine resta seule avec Hanna.

– Et comme ça, vous me laissez ! dit Hanna.

– Rappelle-toi qu'on t'a demandé de venir quand on s'est décidés. T'étais encore veuve, on voulait emmener Isak aussi...

– Oui. Mais j'étais pas prête à partir si loin à ce moment-là.

– S'il y avait pas eu Olaisen, Hanna, tu serais partie ?

Hanna se mit alors à pleurer.

– Tu aurais tenté ta chance là-bas. T'aurais été libre !

– Libre de quoi ?

Il y eut un long silence et Hanna répéta « Libre de quoi ? »

– D'Olaisen !

Cela fut dit tout bas.

Stine repliait des serviettes de lin qu'elle avait apportées à Hanna. Elle les avait tissées elle-même.

– Il m'a sauvée de la pauvreté. Il est bien le seul à avoir essayé de me libérer, maman !

– Pendant longtemps j'ai cru que tu allais rester à Reinsnes. Dans la maison des maîtres...

– Qu'est-ce qui t'a fait croire ça ? dit Hanna durement, et elle se moucha.

– J'ai cru voir ça sur lui.

– Qui ?

– Tu le sais, sans que j'ai besoin de le nommer.

– Tu as rêvé des rêves de pauvre, maman.

Stine baissa les yeux sans répondre. Mais brusquement elle lâcha la serviette qu'elle tenait et alla s'asseoir sur une chaise.

– Benjamin et toi vous étiez faits l'un pour l'autre ! dit-elle si haut qu'elle regarda ensuite craintivement autour d'elle pour s'assurer que personne n'écoutait.

– Tu parles...

– Je le pense toujours ! Vous étiez faits l'un pour l'autre. Et ce que je pense aussi c'est que vous n'êtes heureux ni l'un ni l'autre. Tu attends encore un enfant, et lui n'en a pas. Elle, cette... elle n'est bonne qu'à jouer du piano et à penser.

– Voyons maman !

Cela sortit comme un cri.

– Oline m'a raconté... toi et lui... à la Pentecôte...

T'aurais pas dû prendre Olaisen ! Tu tiens pas à lui. Je le vois bien.

– Maman, arrête ! gémit Hanna en se recroquevillant près du poêle.

– Ça n'amène rien de bon quand il n'y a pas d'attachement.

Hanna se retourna vers elle, le noir dans les yeux.

– De l'attachement ? Ça c'est pour les riches. Ceux qui peuvent choisir à leur guise toute leur vie. Toi, t'as eu le choix ? Est-ce que je suis la fille de quelqu'un qui a eu de l'attachement pour toi ?

– Oui, c'est ce que tu es Hanna ! Et ton père était le premier. S'il m'avait demandé de partir avec lui en Amérique, je s'rais partie. Maintenant, c'est avec son argent qu'on part, Tomas et moi. On réalise un rêve. Parce que j'y tiens à Tomas, que tu le saches !

– Eh bien partez donc en Amérique ! Oui, partez !

De ses deux mains Stine lissait ses cheveux, comme si elle attendait des visiteurs. Sans miroir, sans y penser. Simplement dans un geste doux, l'air absent.

– Il continue à regarder de ton côté, Hanna. Tu sais...

– Tais-toi !

– Et tu continues à le rechercher, Hanna.

– Laisse-moi tranquille !

– Quand t'étais enceinte, une bonne femme de Strandstedet est venue me voir. Elle était étonnée parce que vous n'étiez pas encore arrivés, elle vous avait vus monter en bateau ensemble... Elle était sûre que le docteur rentrait à Reinsnes.

– Quelle bonne femme ? Quand ?

Stine la regardait, les yeux brillants.

– J'viens de le dire. Quand t'attendais le petit Rikard.

– Qu'est-ce que tu lui as dit ? murmura Hanna.

– Que Benjamin avait un malade à voir sur une des îles et qu'il avait dû y aller d'abord mais qu'on vous attendait.

Hanna avait cessé de pleurer, elle contemplait le sol et ne savait que faire de ses mains.

– Le Benjamin est pas rentré avant le lendemain matin. Seul. Mais elle, elle était déjà partie.

Hanna trouva un bout de fil sur le plancher qu'elle fixait. Puis elle se précipita hors de la pièce et monta jusqu'à la chambre au grand lit de chêne.

Stine ne l'avait pas suivie. Elle avait dit ce qu'elle avait à dire. Mais une fois seule, elle s'essuya les yeux une ou deux fois.

Elle aurait aimé posséder un tambour. Un tambour de sorcier. Elle serait alors montée jusqu'à l'éboulis et aurait battu le rappel pour faire revenir l'amour là où il avait sa place. Et faire repartir à Copenhague ceux qui en étaient venus, sans leur faire de mal. Elle aurait battu le rappel pour chasser le chagrin et faire revenir la joie chez tout le monde. Et une bonne récolte ? Avant tout une bonne récolte.

Benjamin n'était pas là le jour où Tomas fit part de leur décision dans la maison des maîtres. Au printemps, ils partaient pour l'Amérique. Il allait essayer de trouver un remplaçant à la ferme.

– Mais pourquoi n'as-tu rien dit ? dit Anders.

– C'était pas la peine avant que tout soit en ordre.

Dina ne proféra aucune mise en garde.

– On peut toujours revenir, j'en suis la preuve, dit-elle et elle proposa son aide pour le déménagement. S'ils en avaient besoin ? Le regard qu'elle posa sur Tomas était visiblement approbateur.

– Ce sera triste pour nous qui restons. Mais je vous souhaite tout le bonheur possible, dit Anna en lui tendant cérémonieusement la main.

Quand Benjamin apprit la nouvelle, il traversa la cour jusqu'à l'annexe. C'était Stine qu'il allait voir, puisque Tomas travaillait aux champs.

Il commença par dire que c'était une décision courageuse. Puis il mit en garde contre les dangers qu'un voyage en Amérique impliquait.

Elle ne répondit pas, se contenta de sourire et de lui offrir une tasse de café avec un morceau de gâteau posé sur la soucoupe.

– C'est pas pour nous qui partons que je m'inquiète, dit-elle avec placidité, c'est pour Hanna...

– Hanna ?

L'occasion se présentait. Elle fixa son regard sur la table pendant qu'elle lui parlait, pour ne pas l'embarrasser. L'histoire de la femme de Strandstedet. Elle le mit en garde. Des fois que d'autres se poseraient des questions ? Elle pensait qu'il valait mieux éviter ça.

Car les ragots, c'était comme de la pourriture dans

un rondin. Ça ne faisait que s'étendre. Elle aurait dû le dire plus tôt. Il avait été comme son fils, depuis sa naissance, elle l'avait nourri. Du lait que l'enfant mort aurait dû boire. L'enfant qui n'avait pas pu vivre.

Il l'écoutait sans l'interrompre. Essayant de s'intéresser à cette histoire d'enfant. Mais c'était à Hanna et à la femme de Strandstedet qu'il pensait.

– On a été pris par l'orage. On a dû se réfugier sur un îlot, expliqua-t-il en essayant de rencontrer son regard.

– Hanna n'est pas venue jusqu'ici.

– Elle était fourbue et mouillée, et...

– C'est quand même drôle qu'elle essaie de se cacher si elle a le cœur innocent ? Hanna n'a jamais rien dit. C'est par la femme qui vous avait vus que je l'ai su.

Il avait le visage brûlant.

– Bon, eh bien, on a eu peur qu'on en fasse toute une histoire.

Il se sentait rapetisser devant cette petite femme dont il avait, toute sa vie, considéré la présence comme allant de soi. Il se rendit compte qu'il ne s'était jamais demandé ce qu'elle pensait ou ce qu'elle remarquait. Ou quelle était sa vie.

– De toutes manières, Benjamin, je veux te demander un service. En échange du lait que je t'ai donné autrefois.

Il fit un signe de tête.

– Peux-tu prendre soin de Hanna quand je serai partie ? Car je ne la reverrai pas dans cette vie. Elle a cette terrible volonté, cette fierté... celle qui peut pousser les gens à se pendre. Comme son père. Ils se perdent dans la brume. Et abandonnent la partie. C'est notre faute à nous, les mères. Puisque Dieu est pas responsable, y a que nous pour assumer. Mais tu veux bien t'en occuper ?

Il ne savait trop quoi faire. Il passa sa main dans ses cheveux, attendant de trouver une solution. Mais elle ne s'arrêta pas.

– A Reinsnes on a l'habitude depuis toujours de taire ce qui nous occupe le plus. Moi y compris. Mais maintenant que je m'en vais... L'apparence correspond pas toujours à la réalité. Et ça ne sert à rien d'essayer de changer l'apparence. Les gens ne croient que ce qu'ils imaginent. C'est pour ça que je veux partir en Amérique. Là personne ne sait que je suis Lapone. Tu veux bien t'occuper de Hanna à ma place ?

– Je vais m'occuper de Hanna à ta place, dit-il avec autant de conviction que possible.

– Alors, il n'y a rien à craindre, dit-elle, le regardant avec douceur.

Sur le calendrier, le 14 septembre était marqué d'une croix. Tomas avait toujours mis son honneur à ce que la récolte soit rentrée ce jour-là. Il avait tenu parole cette dernière année à Reinsnes.

Mais Dina n'invita pas Tomas à participer à la réunion quand elle déclara qu'elle voulait les voir au bureau. Anders, Benjamin et Anna. Elle avait des choses importantes à discuter.

– Elle a probablement une nouvelle marotte, marmonna Benjamin à Anna avec gaieté en suivant les autres dans l'allée.

Dina ne prit pas place derrière le bureau. Ni dans le fauteuil de docteur de Benjamin. Elle s'installa sur la vieille chaise-longue et laissa les autres s'installer comme ils pouvaient. Puis elle délaça ses chaussures, les enleva d'un coup de pied et alluma un cigare après avoir fait passer la boîte à la ronde.

Anna et Benjamin refusèrent et Anders s'en tint à sa pipe.

Ils la regardaient inhaler goulûment les premières bouffées. Anders était le seul à être préparé. C'était lui qui l'avait forcée à attendre quelque temps.

Elle commença comme il le lui avait conseillé.

– J'ai fait un gros héritage. Maintenant, j'ai remboursé toutes les dettes de Reinsnes, et au printemps on commencera la réparation des bâtiments. Dès cet automne, on va réparer le toit de la maison.

Le silence régnait dans la pièce. Comme si le moindre mouvement était au-dessus de leurs forces.

Benjamin plissa le front. Puis il étendit les jambes sur le plancher, croisa ses bras derrière la nuque et dit en souriant :

– Voilà une nouvelle extraordinaire ! Cela va coûter pas mal d'argent à ce que j'imagine. Qui est ce généreux donateur ?

– Un homme d'affaires à Berlin que je connais depuis longtemps. C'est une longue histoire. On la remet à plus tard.

– Mais c'est fantastique ! dit Anna, et elle se leva pour aller embrasser Dina.

– Tu viens d'en recevoir la nouvelle ? Par télégramme ? demanda Benjamin.

– Non, c'était au printemps.

– Alors tu as gardé ça pour toi depuis mai ?

– Si on veut, dit-elle, conciliante.

Un regard d'Anna lui dicta de laisser tomber le sujet.

– On commence par réparer la boutique, n'est-ce pas Anders ? dit-il.

– Ou les salons ? dit Anna, le regard allant de l'un à l'autre.

Anders ne répondit pas. La fumée de sa pipe l'entourait d'un nuage épais.

– On verra plus tard pour les détails, dit Dina avec froideur. J'ai encore des choses à dire.

Elle fit une pause avant de continuer.

– Olaisen et moi on va construire un chantier naval ensemble !

Le visage de Benjamin se décomposa en un instant. Les muscles se contractaient en grimaces qui se succédaient les unes aux autres avec une telle rapidité, exprimant à la fois l'incrédulité, la rage, la susceptibilité offensée, l'outrage. Ce fut ce dernier sentiment qui lui fit dire :

– A ce que je vois, tu as de l'argent à gaspiller ?

Elle expliqua rapidement quelles étaient ses affaires à l'étranger. Sans donner de chiffres. Et sans répondre à l'insulte. Mais elle termina en disant qu'en affaires on ne pouvait pas toujours obéir à ses antipathies personnelles. Il fallait miser sur ce qu'on croyait être une bonne affaire.

– J'te croyais trop intelligente pour t'associer avec ce parvenu ! dit Benjamin.

Mais Dina ne mâcha pas ses mots. Il était bien possible qu'Olaisen soit un parvenu, mais il arrivait toujours à ses fins. C'était un homme qui avait du flair. Une race en voie de disparition, ici dans le Nord, pensait-elle. Tout le monde était là, à attendre qu'on les dorlote en leur parlant poliment. Personne ne voulait miser. Elle s'en était rendu compte au bout de quelques mois. Reinsnes ne pouvait survivre qu'en s'alliant à Strandstedet et en trouvant sa place dans cette époque nouvelle. Elle n'allait pas seulement miser sur le chantier naval d'Olaisen, elle avait aussi acheté l'Hôtel Central au boulanger Nikolaisen.

– L'Hôtel Central ! Qui ne bat que d'une aile ! s'écria Benjamin. Tu n'es pas folle ?

– Le boulanger n'y connaît rien, il n'a jamais habité un autre hôtel que celui-là. Moi je sais ce qu'il faut faire pour qu'il soit rentable, dit Dina avec fermeté, mais aussi une certaine gaieté.

– Tomas et Stine s'en vont en Amérique. Et toi tu t'installes à Strandstedet !

– Justement ! Du moment que les deux seuls qui cultivaient la terre disparaissent, il ne reste plus rien du passé. Il faut trouver quelque chose de nouveau. Sans cotre et sans commerce avec Bergen, sans boutique et sans express côtier, il n'y a plus rien. Personne de nous ne peut cultiver la terre ! Toi pas plus que nous, Benjamin ! dit-elle, acerbe.

Il frappa du poing sur la table à en faire sauter le cendrier d'Anders. Les cendres voltigèrent pour finir par se poser sur son bras.

– Et toi ! Tu es revenue avec de l'argent que tu investis chez Olaisen. Et dans un hôtel, pour t'amuser. C'est pour ça que tu es revenue ?

Les lèvres d'Anna tremblaient à chaque explosion. Elle lui lançait des regards furieux, mais ne disait rien.

Le visage de Dina restait impassible, mais quand il eut fini elle dit, presque avec douceur :

– Tu as hérité du caractère du vieux commissaire. Tu as vraiment du travail sur la planche.

Et elle enchaîna, lui expliquant qu'il se trompait, ce n'était pas pour acheter l'Hôtel Central qu'elle était revenue. En vérité elle ignorait qu'il y avait tant de possibilités ici. Elle avait cru que c'était la faillite complète. Sans portes de sortie. Mais ce n'était pas le cas. Il y avait beaucoup à faire à condition de conserver la santé et son bon sens. Avant tout il fallait prendre part à ce qui se passait à Strandstedet.

– Toi, Benjamin, il te faut un cabinet, pas seulement une misérable pièce sur l'arrière-cour où te réfugier par gros temps. Si Anna et toi devez rester ici, il vous faut déménager à Strandstedet. Anna aime bien faire la classe quand l'instituteur est occupé ailleurs. Et viendra bientôt le moment où on te demandera de remplacer le vieux docteur dans le district.

Les hommes sursautèrent en même temps. D'où tenait-elle ça ?

– Le rédacteur du nouveau journal.

Benjamin ne put cacher son mépris :

– Le rédacteur, c'est la commère d'Olaisen.

Dina le contempla tranquillement, puis elle enleva sa veste et déclara qu'elle avait espéré qu'il montrerait un autre intérêt pour l'avenir de Reinsnes. Elle s'était attendue, par exemple, à des questions sur le budget et la somme investie.

Elle sortit un porte-documents et étala des papiers sur la chaise-longue usée. Elle déplia des dessins et des documents sans continuer à défendre son point de vue.

– Je commence par le chantier naval.

Elle donna des explications, pointa du doigt, cita des chiffres, lut à haute voix le contrat sur la responsabilité répartie entre les associés. Sans attendre leur accord ou leur critique, elle se mit à commenter les plans. La charpente devait être montée avant l'arrivée de la neige. Au printemps ils pourraient prendre les premières commandes. En été, en juin 1879, le chantier serait terminé.

Anders se laissa entraîner.

– Mais il manque un cinquième au financement, fit-il remarquer.

Elle lui montra une phrase du contrat qui stipulait

qu'Olaisen et elle verseraient deux cinquièmes chacun, comptant. Le dernier cinquième serait couvert par une hypothèque qu'Olaisen prenait sur sa maison. C'était déjà fait. Ils avaient chacun le droit de présomption sur la part de l'autre, si l'autre se retirait pour une raison ou pour une autre, ou éventuellement ne pouvait s'acquitter de ses obligations. Ils avaient en plus signé un accord : En cas de grave mésentente entre les associés, ils pouvaient l'un et l'autre récupérer leurs fonds sans préavis.

– Mais en supposant que vous vous fâchiez et qu'il récupère son argent ? demanda Anders.

– J'en ai les moyens, fit-elle en souriant.

– Et si c'est toi qui te retires ? demanda Anna.

Dina haussa les épaules.

– Ça c'est l'affaire d'Olaisen. Après avoir hypothéqué sa maison, il voudra éviter cela.

– En tout cas Olaisen possède un cinquième de plus, il a la majorité, dit Anders.

– Ce n'est que juste. C'est son idée. Il a préparé le terrain. Il a pris le risque d'emprunter. Je ne fais qu'investir de l'argent pour en tirer les bénéfices plus tard.

Elle les regardait les uns après les autres. Puisque personne ne disait rien, elle remit les papiers en place.

– Et si c'est un fiasco total ? demanda Benjamin, l'air sombre.

– Aucun des projets d'Olaisen, ou des miens, n'a été un fiasco. Pourquoi aurions-nous moins de flair maintenant ? Les armateurs sont obligés d'aller vers le sud pour trouver un chantier naval. Olaisen lui-même a dû aller jusqu'à Trondhjem pour transformer *Le Cygne* en vapeur. Peut-être qu'un jour on pourra faire ça ici ? Mais on va commencer modestement avec les embarcations en bois, on verra bien après. Un chantier naval pour bateaux en acier ? Qu'en dites-vous ?

– Tu es folle, murmura Benjamin, que sais-tu des bateaux en acier ?

– Rien, mais d'autres s'y connaissent. En tout cas en Allemagne.

– T'aurais pu employer cet argent à remettre Reinsnes à flot.

Il était clair maintenant que sa patience était à bout. Avec une ride profonde entre les sourcils, elle écrasa son cigare et se pencha vers lui.

– Quelle sorte d'activité peut-on avoir à Reinsnes ? Et de quoi aurions-nous vécu le jour où il n'y aurait plus eu d'argent ? De tes honoraires de médecin ?

Benjamin changea de couleur et se leva.

– Fais ce que tu veux ! dit-il brusquement en faisant mine de s'en aller. De la porte, il demanda si elle restait au pays jusqu'à ce que le chantier soit terminé.

– Oui ! Ici et à Strandstedet.

Il la fixa d'un regard éperdu de mépris.

– Et Anders ? On l'emmène à Strandstedet ? Ou on le garde ici au cas où on aurait besoin de lui ?

Anna sauta alors sur lui. Tambourina sa poitrine de ses poings. Emettant un drôle de bruit. Ce n'était pas des sanglots.

Dina poussa un grand soupir. Une sorte de sifflement.

– Benjamin ! dit-elle avec un calme menaçant.

Il quitta la pièce. S'installa sur une chaise derrière le comptoir de la boutique. Se mit à contempler tous les tiroirs les uns après les autres. Certains étaient à moitié ouverts et il en sortait le parfum d'un contenu centenaire. Cent ans ? Ou bien plus ? Tout à coup il ressentit le besoin de savoir combien de temps on avait tenu une boutique à Reinsnes. Une histoire qui s'effaçait lentement sans que personne ne leva le petit doigt. Lui comme les autres.

Un sentiment bien connu d'impuissance l'envahit. Celui du petit garçon qui attendait que Dina, sa mère toute-puissante, ait fini de parler affaires dans le bureau.

Des épisodes défilaient dans sa tête, comme des serpents. Cela réveillait en lui une fureur qu'il n'arrivait pas à maîtriser. Finalement il fut plongé dans une brume rouge où plus rien ne comptait.

Sans savoir comment, il se retrouva au milieu du bureau. Il remarqua à peine qu'ils s'étaient regroupés tous les trois autour des documents de Dina. De l'autre côté de la table. Cela ne l'intéressait pas. Il avait l'intention de lui dire deux mots.

Ils levèrent les yeux tous les trois quand il entra en trombe.

– Tu peux aller et venir autant que tu veux, Dina, mais épargne-nous une chose : ne viens pas agiter sous notre nez l'argent qui aurait pu sauver Reinsnes, pour ensuite aller l'investir dans les rêves d'Olaisen !

Dina fut la première à revenir de sa surprise.

– C'est du franc-parler. Mais je n'ai pas hypothéqué Reinsnes. Au contraire, je le remets en état. Je n'ai rien emprunté pour ça.

Le ton sur lequel elle avait dit cela exaspéra sa fureur.

– Passe encore que tu m'aies abandonné, abandonné Anders et Reinsnes, mais tu ne peux pas abandonner les morts !

Elle posa ses deux paumes sur la table et s'assit dans le fauteuil tournant. Qui se mit à grincer.

– Tu pourrais t'exprimer plus clairement, murmura-t-elle en le défiant du regard.

– Le Russe ! Tu as revu le Russe pendant toutes ces années ? C'est bien fin automne 56 que le coup est parti ?

– Benjamin !

C'était la voix de commandement d'Anders, venant de quelque part dans la pièce.

Mais il n'avait pas l'intention d'obéir.

– Tu te souviens comment il gisait ? Tout le sang ?

Le ton d'Anders se changea en prière.

– Au nom du ciel, Benjamin... ne nous fais pas perdre toute dignité...

Mais il continua à déverser des baquets d'ordures, les uns après les autres. En pleine face. Jusqu'à ce qu'ils soient tous éclaboussés au point de ne plus voir clair. Il s'agissait d'un petit garçon à Reinsnes qui n'avait pas su qui était son père avant d'avoir terminé ses études de médecine à Copenhague ! Un oisillon qui avait conservé en lui toutes les vomissures. Année après année. Maintenant tout ressortait. Toutes les fois où elle avait été Dina Grønelv plutôt que sa mère. Elle l'avait laissé toute sa vie en compagnie d'un cadavre. Et elle était partie ! Elle s'était sauvée ! Il ne comptait pas plus pour elle qu'un carton à chapeaux qu'on pouvait oublier n'importe où. Anders non plus. Maintenant c'était le tour de Reinsnes. Elle les balayait tous ! Comme de la merde !

Les mots étaient comme une ivresse, ou une arme. Ils étincelaient autour de lui. Enfin !

Une fois, elle lui avait demandé ce que c'était que l'amour, s'en souvenait-elle ? L'amour ? Où, nom de Dieu, aurait-on pu le rencontrer ? On le tuait dès qu'il se montrait à Reinsnes. Et c'était elle qu'on pouvait remercier. Oui, elle, là !

Il pointait un doigt vers elle d'une manière que tout prédicateur aurait pu lui envier. Un moulin invisible poussait les mots hors de sa bouche. L'impuissance et la jalousie amassées toute une vie se bousculaient pour enfin se montrer.

Jusqu'à ce qu'il se sentît vidé. Se recroquevillant comme une peau d'hermine non tannée. Son débit se ralentit, mais il ne s'arrêta pas pour autant. Il lui demanda à nouveau de décrire le Russe. Tel qu'il était couché dans la bruyère.

– Tué ! cria-t-il finalement comme s'il venait d'inventer le mot. Puis il resta là émettant un pfft méprisant.

Et la paix, si l'on peut s'exprimer ainsi, se fit enfin.

Anna avait le regard fixe. Fixé sur cet homme inconnu. Puis elle croisa les bras sur sa poitrine, dans un geste de défense.

Dina l'avait suivi des yeux, sans arrêt. Mais elle avait changé de couleur. Quand enfin il se tut, elle poussa un profond soupir, en tremblant. Comme de soulagement.

– Et c'est tout, Benjamin ? murmura-t-elle.

C'est alors qu'ils perçurent un léger bruit et qu'ils remarquèrent la position dans laquelle Anders était assis. Complètement affaissé. Sa main essayant de s'enfiler sous son gilet. Puis elle retomba. Son corps essaya de s'arracher de son siège, sans y parvenir complètement. Aussi parce que sa main gauche s'agrippait à l'accoudoir comme un étau.

Le vacarme qui s'ensuivit n'était pas dû à la chute du corps d'Anders, mais à celle de son fauteuil. Il était tellement carré et tellement plein d'angles. Anders lui-même glissa tranquillement sur le sol, à moitié couché dans le fauteuil renversé.

Mais il avait ramené la dignité dans la pièce.

Au même instant – ou bien cela avait-il pris une éternité ? – le docteur Grønelv se retrouva agenouillé et tremblant pour constater qu'Anders était mort.

Son cœur avait cessé de battre.

De loin, dans l'allée, Karna avait entendu que papa était très en colère. Mais elle était quand même forcée de courir avec le message. C'était urgent !

Elle s'était arrêtée net à la porte, ne sachant trop ce qu'elle voyait. Papa avait cessé de crier.

– Un homme est venu dire que chez les métayers quelqu'un saignait beaucoup ! avait-elle dit en se retenant au chambranle de la porte.

Grand-mère avait levé un peu la main, comme si elle faisait « chut ». Mais elle n'avait rien dit. Sa main venait de dessous ses cheveux derrière lesquels elle se cachait.

Près d'elle, Anders était étendu de tout son long. Et Karna avait tout à coup pensé qu'Anders avait les jambes bien plus longues quand il était couché comme ça que quand il marchait.

Ils étaient tous par terre dans la demi-pénombre. Anders surtout. Et c'était pas Anders, mais Oline. Mais c'était Anders à nouveau.

Elle se sentait engourdie. Sa bouche n'arrivait pas à rester en place dans son visage. Elle tremblait. Elle essayait de la fermer. Mais elle s'ouvrait à nouveau.

Papa était comme de pierre, il ne la regardait pas et ne disait rien.

– Viens ici, Karna ! Tu comprends... Anders vient juste de mourir, avait dit grand-mère en mettant sa main sur le visage d'Anders.

Quand elle avait enlevé sa main, il n'avait plus d'yeux. Il restait couché là. Comme s'il dormait, comme quand il fallait le réveiller de sa sieste parce que Sara venait pour lui lire le journal.

Elle n'arrivait pas à traverser la pièce, ses genoux étaient tellement raides.

Papa s'était relevé en titubant, comme s'il allait tomber :

– Dina ! Anna ! Pardonnez-moi ! Mon Dieu, Anders ! Pardonne-moi !

Les mots lui venaient du ventre. Elle entendait les sanglots qui les portaient.

– Pauvre gosse avec un tel père ! avait-il murmuré en lui caressant la tête en partant. Ses pas sur le plancher de la boutique se répercutaient en un écho. Et elle l'entendait courir vers la maison.

Anna s'était levée pour courir après papa. Karna ne savait pas si elle allait le rattraper. Il courait vite quand il apprenait que les gens saignaient. Mais Anna semblait y tenir. A le rattraper.

Elle s'était mise à trembler. Sans pouvoir s'arrêter. Ses dents claquaient dans sa bouche.

– Viens t'asseoir ici, avait-elle entendu, venant du coin où étaient grand-mère et Anders.

Alors elle avait essayé. Elle avait tâtonné et s'était écroulée contre le corps de grand-mère. Ses dents claquaient si fort qu'elle en avait honte. Elle ne savait pas comment arrêter ça. Finalement elle avait mordu dans le châle, sentant la laine lui remplir la bouche de fils.

Alors c'était comme ça ? Ils tombaient ? Tous ceux auxquels on tenait ? Pas comme elle, non, ils ne tombaient qu'une seule fois.

– Avec qui Anna va parler maintenant ? s'était-elle entendue dire. Une pensée qu'elle ignorait avoir eue.

Grand-mère n'avait pas répondu, mais elle l'avait

serrée dans un de ses bras tandis qu'elle arrangeait les cheveux d'Anders de son autre main.

– Il avait dit que Stine devait lui couper les cheveux, avait dit Karna.

Elles étaient toujours assises au même endroit quand elles entendirent courir dans l'allée et dans le sable près du débarcadère. C'était la marée descendante et on entendait le bruit des bottes qui écrasaient les algues.

C'était sûrement papa et l'homme qui tiraient le bateau pour le mettre à l'eau. Aucune voix. Seulement ces bruits qui lui étaient si familiers. Elle sentait qu'elle allait se mettre à pleurer à cause de cet idiot de bruit.

Et n'y tenant plus, elle avait demandé :

– Pourquoi papa a dit comme ça pauvre gosse avec un père pareil ?

– Il était si malheureux parce qu'il était tellement fâché contre moi juste avant qu'Anders meure, avait dit grand-mère.

– C'est de sa faute ?

– Non ! Faut jamais que tu crois ça.

– Pourquoi il était si en colère ?

– A cause de quelque chose que j'ai fait autrefois, et qui a été lourd à porter. Et aussi parce que je l'ai laissé pour partir à Berlin.

– Alors vous êtes fâchés l'un avec l'autre ?

– Non ! avait dit grand-mère tout en berçant Anders.

Ce qui faisait que du même coup, elle berçait aussi Karna.

Des pas venaient de partout. D'abord à l'extérieur. Et puis sur le plancher. Anna, Tomas, Stine, Sara et Ole. Stine avait apporté des bougies. Sans dire un mot elle en avait allumé une de chaque côté, mais Karna savait bien que c'était à cause d'Anders. Une lumière jaune les avait enveloppés tous les trois un instant.

Ses cheveux épais et blancs et son grand menton avaient pris un ton jaune. Et sa drôle de moustache aussi. La curieuse boule dans sa gorge qui sautait de haut en bas quand il mangeait ou quand il riait.

Les mains de grand-mère reposaient sur lui.

Et puis la flamme des bougies était montée, toute blanche.

# Chapitre 7

Anna était allongée sur son lit, tout habillée, quand elle entendit au loin le bruit du bateau que l'on tirait à terre. Quelques secondes plus tard elle était dans l'entrée, attrapait un vêtement au hasard, et descendait vers la plage.

Elle le retrouva au bas de l'allée.

Il déposa sa sacoche et resta debout à contempler ses souliers. Il avait le visage gris et couvert de barbe, et de grands yeux vides. Il ne portait pas de vareuse bien que la nuit fût froide. Et ni cache-nez, ni bonnet. Une des manches de sa veste était mouillée. Toute sa silhouette paraissait tassée. Il n'était déjà pas grand, mais en quelques heures son corps souple et trapu avait comme rétréci. Sa tête s'était enfoncée dans ses épaules. Comme s'il désirait se cacher. Ses cheveux sombres et ondulés étaient emmêlés au-dessus d'un visage où les yeux étaient sans vie.

Alors qu'il se trouvait là devant elle, écrasé par son humiliation, elle pensa : Oui ! Je l'aime. C'est lui que j'ai choisi ! Et je ne le connais même pas. Comment cela est-il possible ?

Mais elle dit :

– Je sais que tu dois être fatigué, mais peut-on trouver un coin par ici ?

Il ne répondit pas, abandonna sa sacoche et la devança, non pas vers le bureau, mais vers l'entrepôt d'Andreas. La grande porte grinça sur ses gonds. Il y faisait presque sombre et un froid glacial. Comme si le froid de chacun des printemps tant attendus était emmagasiné là.

Il ouvrit la porte sur la mer pour laisser passer un peu de lumière. Ses pas résonnaient avec fracas sous le monte-charge qui se terminait par un crochet en fer. Il se balançait à travers l'ouverture qui donnait sur deux étages et formait ainsi une sorte de puits.

Anna n'était venue là qu'une ou deux fois. Et c'était en été. De vieux écheveaux de laine et de la corde pendaient des poutres. Des flotteurs en verre verdâtre luisaient çà et là comme des yeux. De petites vagues frappaient les pierres et les pilotis sous les grosses fentes du plancher. A certains endroits l'eau était même visible entre les planches.

Il restait debout en se tenant à la poutre retenue par de solides ferrures qui barrait l'ouverture. Il n'avait encore rien dit.

Elle s'assit sur une caisse. Et bien qu'elle s'y fût préparée, elle ne sut quoi dire.

– Je crois qu'il faut que tu me racontes tout ce que je dois savoir, entama-t-elle.

Un moment passa. Il ne la regardait pas. Elle fut envahie par un sentiment d'abandon. Elle ne savait plus s'il s'agissait d'elle ou de lui.

– Je crois que j'en ai assez dit. Plus que nécessaire ! Sa

voix avait une intonation juvénile et curieusement inhabituelle.

– Je ne peux pas être la seule ici à ne rien savoir. Tant que je ne comprends pas, je ne peux pas pardonner.

– Pardonner ?

– Oui. Parce qu'il m'est impossible de te haïr, Benjamin.

– Ce serait peut-être le mieux, murmura-t-il.

Les murs reçurent les mots qui ricochaient sur eux.

Elle baissa la tête et se prit le visage dans les mains.

– Je ne te connais plus.

– Je ne me reconnais pas moi-même. Et ce que j'ai fait aujourd'hui n'a aucune excuse.

– Pourquoi ? Comment as-tu pu dire une telle horreur ? Un meurtre ?

– Il est de toute façon trop tard. Ce que j'ai dit, la manière dont c'est sorti, c'est ce qui a tué Anders.

Elle ne protesta pas. Elle restait tranquillement assise, essayant d'aller au-devant de son regard. De son désespoir.

– Où l'ont-ils mis ?

– Dans les communs.

Elle était soulagée qu'il pose la question.

– Etait-ce un accident ? demanda-t-elle.

– Non, une dispute d'ivrognes à propos d'une bouteille d'alcool. Avec une arme à feu. Les blessures avaient la forme d'une série de coupures à angle droit. Comme faites par un piège à loup, ajouta-t-il sans reprendre sa respiration. Comme s'il avait employé la traversée en bateau à apprendre sa leçon par cœur.

Elle le fixa.

– Tu veux dire qu'elle a tué un homme en état d'ivresse, pour une bouteille d'alcool ?

Il se mit à rire. Le rire se termina par un long hurlement. Au moment où elle comprit qu'il sanglotait, elle se précipita sur lui, l'entourant de ses bras.

– Benjamin, murmura-t-elle en lui tapotant gauchement le dos. Il sentait la sueur, l'eau de mer. Une odeur salée et âcre. Et autre chose aussi, l'odeur de médicament, ou de désinfectant, qui le suivait quand il avait rendu visite à un patient. Cette odeur rassurante de son enfance. Avant Benjamin, elle l'associait toujours à son père.

Il appuya sa tête contre elle et resta silencieux.

– Il s'agit seulement de l'accident d'aujourd'hui. Il va s'en sortir. L'autre... c'était avec un fusil lapon... on ne pouvait rien faire.

– Elle a tiré sur un homme ?

– Ne pose pas de questions ! dit-il.

Elle voulut s'asseoir sur la caisse sans faire attention. Il bondit vers elle et la prit par les épaules pour lui éviter de s'asseoir sur le plancher.

– Dina a tiré sur un homme ! répéta-t-elle en s'agrippant à la caisse et à lui.

Il ne répondit pas.

– Et tu n'as pu confier ça à personne ? Pas avant aujourd'hui ? Personne !

– Je l'ai dit à Aksel quand il a voulu la suivre.

– Aksel ? Mais pas moi ?

– Il fallait que je l'avertisse. De ce qui pouvait arriver...

– Que veux-tu dire ?

– Je crois que le Russe voulait partir, je crois que c'est pour ça...

– Elle a tiré... parce qu'il se dérobait ?

– Je crois que oui.

Elle l'attira vers elle sur la caisse. S'accrocha à lui. Voulant l'entourer de ses bras, de partout à la fois.

– Où étais-tu alors ?

– J'étais là-haut sur la moraine.

De la tête, il indiquait la direction de la montagne.

– Tu étais là, à regarder ?

Il se réfugia dans ses bras. Il ne voulait plus se montrer au grand jour.

– Quel âge avais-tu ? demanda-t-elle dans un souffle.

– Onze ans, je crois.

Elle le tenait contre elle. Serré. Murmura quelque chose. D'incohérent et d'incompréhensible même pour elle-même. Mais cela fit son effet. Il se calma.

– Tu as pu lui pardonner ? demanda-t-elle un peu plus tard.

Il prit son temps. Sa respiration était précipitée.

– Oui. Est-ce que j'avais le choix ? Mais ça ne veut pas dire grand-chose. Ce n'est pas mon pardon dont elle a besoin. Je ne sais pas de quoi elle est faite, mais de toutes manières elle peut difficilement avoir eu une bonne vie.

La main qu'elle avait posée sur sa nuque sentit ses cheveux poissés par l'eau de mer. Deux profondes rides encadraient sa bouche. Elle ne les avait jamais remarquées avant.

– Ce père, que tu ignorais, qui est-il ? demanda-t-elle.

– Elle dit que c'est le Tomas.

– Et lui ? Qu'est-ce qu'il dit ?

– Rien du tout.

– Tu veux dire par là que tu le connais depuis ta naissance sans que... sans que lui-même... ?

– Oui.

Et en disant cela, il se mit à rire. Sans pouvoir s'arrêter. Elle se mit à rire elle aussi. D'abord un peu à contrecœur. Effrayée. Comme si elle se demandait si ce rire allait encore une fois se terminer en sanglots. Mais le voyant continuer, elle riait avec lui. Ils se cramponnaient l'un à l'autre et à leur rire.

– Et même si tu l'avais appris, cela n'aurait pas été une catastrophe ! hoqueta-t-elle.

– Une catastrophe ? Non. Le Jacob était mort de toute façon.

– Alors pourquoi en a-t-elle gardé le secret ? Par honte ?

– J'crois plutôt parce qu'elle voulait que j'hérite de Reinsnes. Je t'ai parlé de Johan, le fils d'un premier mariage de Jacob. Elle ne voulait pas qu'il ait des droits sur Reinsnes.

– Mais de toute façon il était l'aîné ?

– Oui. Mais elle lui avait versé son héritage quand il

faisait des études de théologie à Copenhague. Et tant que j'étais considéré comme le fils de Jacob, elle pouvait faire valoir mes droits. Mais il m'a battu, une fois.

– Pourquoi ?

– J'étais pas toujours facile quand j'étais petit.

– Tu ne ressembles pas beaucoup à Tomas.

– Non, tu as entendu ce qu'elle a dit aujourd'hui. Je ressemble à son père, le vieux commissaire.

– C'était un affreux ?

– J'crois bien.

Ils furent à nouveau pris d'un rire incoercible.

– Allons nous coucher maintenant, dit-elle dans un hoquet.

Il se raidit immédiatement et le rire cessa.

– Vas-y, toi ! Il faut d'abord que j'aille auprès d'Anders.

– J'y vais avec toi ! dit-elle.

Au moment où ils se levaient, il dit d'une voix brouillée :

– Quand j'étais petit, j'ai demandé une fois à Anders s'il voulait bien me servir de père.

– Et qu'est-ce qu'il a répondu ?

Il avait le souffle court et les mots sortaient difficilement.

– On était là, dans l'entrepôt, juste ici, on réparait les filets... Il a dit : « Si ça peut faire ton bonheur, je peux te servir de père » et on s'est serré la main là-dessus.

Karna avait été réveillée par sa propre voix au cours de la nuit. Elle ouvrait les yeux sans être réveillée. Elle était seule dans une grande pièce. Elle ne planait pas dans l'air et ne tombait pas non plus. Elle n'allait nulle part et ne savait pas où elle était. Papa s'était alors montré à la lueur de la fenêtre. Il était si pâle et il n'avait pas d'yeux. Pendant qu'elle le regardait, la chose est arrivée. Il est tombé ! Oui, tombé !

Le cri était le sien, sans être le sien quand même. Il venait de si loin. Il ne pouvait pas cesser. Elle reprenait sa respiration tout en criant sans discontinuer. Elle criait et criait.

Et pendant ce temps-là, elle savait que rien ne pouvait changer le fait que papa était couché sur le plancher. Il était tombé une fois pour toutes.

Ensuite, elle avait su que grand-mère était là. Qu'elle parlait. Mais elle ne pouvait pas entendre ce qu'elle disait, et elle montrait du doigt l'endroit où papa était couché.

Grand-mère avait allumé la lampe, elle allait bien le voir alors. Mais elle ne le voyait toujours pas. Karna allait le lui dire. Que maintenant papa était tombé. Mais elle n'y arrivait pas. Elle ne pouvait rien faire d'autre que crier.

Elle se débattait et voulait aller là-bas, mais grand-mère la tenait serrée. Terriblement serrée. A tel point que ça faisait mal. Au moment où elle avait senti la douleur, le cri s'était arrêté. Comme si on lui avait mis un bouchon.

– Papa, il est tombé, il est couché là-bas ! Elle montrait la fenêtre du doigt.

Alors grand-mère l'y avait amenée. Elle avait voulu le toucher pour savoir s'il était blessé. Mais quand elle avait levé la main, elle s'en était rendu compte. Il n'était pas là ! Il avait disparu !

Bergljot était maintenant à la porte de la chambre, elle avait l'air elle aussi d'avoir vu tomber papa. Karna s'était mise à pleurer.

Ensuite, elle s'était retrouvée couchée dans le lit de grand-mère et on lui disait que ce qu'elle avait vu n'existait pas.

– Tu as rêvé que ton papa tombait parce que tu as peur qu'il meure, comme Anders.

– Mais il est pas dans la salle. Tu l'as bien vu ?

– Anna non plus. Ils ont dû aller faire un tour sur la plage ou sur le monticule au drapeau.

– P't-être qu'Anna est tombée aussi ?

– Non. Ils vont bientôt revenir. La barque est amarrée. On va attendre, ils vont sûrement bientôt rentrer.

– Mais j'l'ai vu. Papa est tombé.

– On voit quelquefois des choses qui n'existent pas... ou alors tu as rêvé.

– Non j'avais les yeux ouverts ! Tu dis ça seulement parce que tu veux pas que je crie.

– Tu peux toujours crier, ça m'est bien égal. Et tu peux voir ce que tu veux. Mais je laisse la porte ouverte sur l'entrée. Et je te promets que tu verras Benjamin qui va venir demander pourquoi on a laissé la porte ouverte. Anna aussi.

Elle avait compris qu'il n'y avait rien d'autre à faire que d'attendre.

La porte de la chambre de Dina était entrouverte. Ils restèrent un instant près de la rampe de l'escalier. Puis Benjamin se décida et jeta un coup d'œil à l'intérieur.

– Pourquoi la porte est-elle ouverte ? Faut-il...

– C'est Karna qui a fait un mauvais rêve, elle voulait être sûre que tu es bien vivant, dit Dina du fond de la pénombre.

– Une crise ? demanda-t-il.

– Non, un cauchemar cette fois, dit-elle tout bas.

A sa voix, on aurait pu croire que rien ne s'était passé. Comment peut-elle ? pensa-t-il.

– T'inquiète pas pour moi, papa, je suis là parce que je t'ai vu tomber.

– Tomber ?

– Juste comme Anders.

Il entra dans la chambre et chercha Karna à tâtons. Mais dans le noir, il les trouva toutes les deux à la fois. La main de Dina serra très fort la sienne.

Il partit sur la pointe des pieds et referma la porte doucement.

Anna lisait à haute voix le rapport pour le commissaire. Elle venait juste de le recopier.

« Le 14 septembre dans l'après-midi on est venu me

chercher pour Gunnar Olsen qui a déclaré avoir été frappé à la tête par Petter Pedersen. Tous ses cheveux étaient collés par le sang. Il avait du sang aussi sur les joues et dans les oreilles. Trois blessures à la tête. L'une juste au-dessus de la tempe gauche, une sur le sommet de la tête et une autre un peu à droite sur le front. Toutes trois de forme angulaire ouverte vers le côté gauche. Les blessures avaient traversé la peau jusqu'à l'os, en biais de droite à gauche, de telle façon qu'un morceau de peau se trouvait détaché de l'os. L'os était endommagé, la surface de la plaie plutôt broyée que coupée ou fendue. Ce qui indique l'utilisation avec grande violence d'un objet coupant. Malgré l'aide médicale apportée rapidement, on n'a pu éviter l'enflure et la fièvre, cependant en voie de régression après l'application de cataplasmes. »

Benjamin apposa sa signature au bas de la page en soupirant.

– Merci ! C'est un soulagement de n'avoir pas à l'écrire moi-même ! J'en suis malade rien que de voir ça sur le papier, dit-il.

– Je ne l'avais jamais compris avant, que les blessures te rendent malade !

Si Anders n'était pas mort, elle en aurait ri, pensa-t-il. Et c'est justement ce qu'elle fit. Elle rit !

– Pas les blessures. Le sang, dit-il en riant lui-même.

– Mais comment fais-tu alors ?

– Je ne sais pas. Je fais probablement pénitence pour quelque chose. Peut-être pour le Russe.

Au même moment il comprit à quel point il était soulagé. De pouvoir l'avouer. D'en parler. De pouvoir dire à quelqu'un ce simple mot : le Russe.

Ils se tenaient de chaque côté du secrétaire. Lui, avec le rapport à la main.

– Il faut que je te pose une question, dit-elle.

– Oui ?

– L'arme ? Pourquoi ne dis-tu pas quelle arme a été employée à ton avis ?

– Parce que je peux me tromper. Ce n'est pas à moi de faire l'enquête, j'ai juste décrit les blessures.

Elle hocha la tête.

– Il y a autre chose. Je sais qu'il est arrivé tant de choses tristes... mais j'aimerais que tu te rases aujourd'hui ! Pour me faire plaisir, dit-elle en entourant son visage de ses mains.

Il posa le rapport et l'attira contre lui.

Au toucher de sa peau douce et vivante il comprit qu'elle y pensait depuis un moment, sans rien dire, et la honte le brûla.

Un parfum frais de lavande s'insinua entre eux pendant qu'il défaisait le corsage de sa robe.

Il sentait ses mains dans ses cheveux. Sur sa nuque. Elle se pressait contre lui. Sa bouche était humide et gonflée. Le désir d'Anna lui procurait une joie folle. Il allait s'y cacher. Disparaître. Là où rien d'autre ne comptait.

Ils s'aidèrent mutuellement à enlever le strict nécessaire. Il n'en fallait pas plus que ça. Sa respiration se précipita et son visage refléta l'extase.

Au moment où il tombait sur elle, il sentit la tendresse l'envahir. Lui remplir la bouche et la gorge. Atteindre son ventre et son aine. Comme une vague. Une capitulation. La fatigue lui barrait la route. Son corps ne lui obéissait plus. Il partait à la dérive.

Il refusa d'abord de l'accepter. Essaya de se reprendre. Puis il comprit que cela ne servait à rien et resta allongé sans bouger, cachant en elle sa défaite.

Alors elle l'entoura de ses cuisses et de ses bras et se mit à le bercer doucement. Il se fanait et se berçait en elle. Et la honte qu'il avait d'abord ressentie s'évapora dans leur respiration.

Il l'avait toujours su, mais maintenant il le comprenait vraiment, entre Anna et lui le mot « défaite » n'existait pas.

Les obsèques durèrent du vendredi au dimanche. De mémoire d'homme il n'y avait jamais eu autant de bateaux amarrés à Reinsnes. Dina donnait des ordres comme si toutes ces années passées à l'étranger n'avaient eu pour unique but que de diriger les obsèques de son second époux.

Elle fit construire un portail à l'entrée du jardin. Il avait bien fallu sacrifier une douzaine de sapins. Car ce portail devait rester éternellement vert, comme au paradis. Un garçon de Strandstedet avait découpé l'inscription à la scie : « De ta vie d'homme le souvenir restera vivant » avec une croix peinte en noir de chaque côté. Sous le drapeau, Sara avait entrelacé un A et un B faits de branches de genévrier. Comme une couronne entourée d'un cœur.

Si quelqu'un en avait jamais douté, cela prouvait bien à quel point Anders Bernhoft avait été aimé et respecté, et aussi l'importance de sa position. Les gens qui ne pouvaient pas se trouver de raison de venir à Reinsnes après la construction de ce portail de cérémonie, passaient devant en grand nombre à la rame ou à la voile. Car la rumeur se répandit très vite que Dina avait fait élever un si beau monument commémoratif pour Anders que le coup d'œil en valait la peine. On allait même le photographier.

Ceux qui avaient assisté aux obsèques racontèrent que, d'une voix ferme, elle avait fait un discours devant le cercueil avant de partir pour l'église. Et qu'elle avait joué au violoncelle de la musique profane à la veillée mortuaire dans les communs, au milieu de toutes les bougies allumées. Elle avait appelé ça une berceuse de Johannes Brahms. Plutôt bizarre de choisir une berceuse pour un adulte. Mais c'était beau ! Là n'était pas la question.

Ceux qui ne savaient trop quoi penser attendaient tranquillement que le télégraphiste et le rédacteur émettent une opinion. Si ces deux-là trouvaient cela hors du commun et extraordinaire, on en conclurait que c'était une nouvelle flambée d'amour après toutes ces années d'expatriation.

Et toutes les vieilles histoires sur Dina qu'ils n'avaient pas eu le temps de raconter pendant qu'on l'attendait, des histoires du temps où elle était gamine et s'était mariée à Jacob Grønelv, commencèrent à circuler. Son don pour le calcul mental et ses cuites nocturnes n'y ajoutaient qu'un léger piment, les histoires étaient déjà assez incroyables en elles-mêmes. On en faisait des gorges chaudes le long des chemins et aux champs, plus rarement à la cuisine où l'on risquait d'être entendu.

Et tout en se posant des questions sur ce qu'il pouvait y avoir de commun entre la Dina, de Reinsnes, et un Wilfred Olaisen, ils se disaient qu'Olaisen faisait quand même partie des rares élus. Il devait y avoir quelque chose de spécial chez un homme à qui Dina faisait des visites et donnait des rendez-vous d'affaire.

Ils étaient plusieurs à prétendre qu'elle avait investi une somme importante dans le chantier naval d'Olaisen. Et la renommée de sa fortune augmentait au fur et à mesure.

Quelques rares personnes étaient assez objectives pour s'en tenir aux faits. Parmi elles, Olaisen lui-même. Mais il savourait le respect qu'il inspirait depuis qu'il était devenu l'homme de confiance de Dina, comme il aimait à dire, en toute modestie.

Le portail funéraire à la mémoire d'Anders avait valu à Hanna une nouvelle considération. Bien que fille d'une Lapone, elle avait été élevée à Reinsnes comme la fille de la maison. Par Dina elle-même ! Et n'avait-elle pas reçu la même éducation que le docteur Grønelv en ce qui concernait le calcul, l'écriture et les Evangiles ? N'avait-elle pas des doigts de fée pour traiter toutes sortes d'étoffes délicates, les biais et les ruches, sachant fabriquer, comme par enchantement, les plus beaux atours, comme sortis tout droit d'un magazine de mode, ou venant de Bergen ou de Brême ?

Les dames, surtout celles de la bonne bourgeoisie, se désolaient qu'en devenant madame Olaisen elle eut cessé de coudre pour les autres, car c'était elle maintenant qui s'habillait comme une reine. Le dimanche, à l'église, Hanna Olaisen portait un manteau de velours couleur café. Il était bordé de fourrure de lièvre blanc et fermé par d'épais brandebourgs de soie, que même madame la préfète aurait pu lui envier !

D'aucuns commencèrent à s'intéresser aux raisons qui avaient poussé Dina à partir, et à revenir plus tard. Ils trouvèrent des causes diverses dont ils se faisaient part en chuchotant. Elle aurait souffert d'une maladie mystérieuse pour laquelle elle devait consulter.

La femme de l'instituteur prétendait qu'elle était si douée qu'elle avait voulu devenir une grande pianiste. Ou bien était-ce ce grand violon, comment l'appelait-on déjà ? Mais que Dina avait été happée par la vie mondaine de cette métropole. Et qu'au lieu de travailler son piano elle n'avait fait qu'aller de réception en réception avec des princes et des généraux. De cette manière, elle aurait gâché sa vie.

La femme du forgeron, elle, était sûre que c'était l'ennui qui l'avait fait partir, parce qu'elle n'avait pas compris qu'Anders était fait pour elle. Mais qu'en revenant elle s'était rendu compte qu'elle s'était trompée. Il n'y avait qu'à regarder le portail pour comprendre ça. Aussi vert qu'au paradis.

Le télégraphiste pensait qu'elle avait abandonné la musique pour se mettre en ménage avec un financier, qui, il est vrai, était Juif ! Et qu'elle était devenue son associée parce qu'elle avait un talent inné pour les affaires.

Au fond des fjords et sur les îles, oui même à Strandstedet, la vie des gens n'avait ni goût ni couleur. A l'exception d'Olaisen, on n'avait pas grand-chose à se mettre sous la dent pour entretenir les conversations. A l'exception du retour de la pêche aux Lofoten ou au Finnmark, ou bien de la chasse à la baleine dans l'océan arctique. Il y avait aussi des vétilles rapportées dans le journal sur des beuveries, des cas d'adultère et des bagarres.

En dehors de cela il n'y avait vraiment rien de bien intéressant qui puisse retenir l'attention. Une malheureuse vie pouvait se dérouler dans une telle uniformité qu'on en oubliait l'année de sa confirmation.

Mais à l'instant où le bruit se répandit que la Dina de Reinsnes avait fait élever un portail en l'honneur d'Anders, ces funérailles prirent l'allure de funérailles royales. Comme une allumette dans un tas de foin. Le feu se propagea avec une série d'histoires incohérentes et contradictoires. Sur Dina, sur la famille de Reinsnes et tous ceux qui avaient été à leur service.

On se souvenait du mariage de Dina. Quand la jeune mariée, devant l'assemblée horrifiée, avait grimpé dans un arbre parce que le marié lui avait fait des avances auxquelles elle n'était pas préparée. Et l'accident avec le pauvre Jacob. Et puis il y avait eu cet espion russe qui s'était suicidé à cause d'elle ! Imaginez un peu, inspirer un tel amour !

Quand on vit Dina arriver à l'église couverte des pieds à la tête de dentelle noire, avec un voile brodé de perles lui cachant le visage, cela ne fit que confirmer les vieilles histoires.

Sur les derniers bancs de l'église on faisait passer le temps, en attendant la sortie de la famille derrière le cercueil. On racontait que Dina avait tué son cheval. De ses propres mains !

Et tandis que les orgues grondaient au-dessus des silhouettes noires, on n'avait d'yeux que pour la veuve. Personne n'avait jamais rien vu de semblable.

Après, on s'était aussi rappelé que la femme du docteur avait joué de l'orgue et chanté un psaume de Peter Dass en l'honneur d'Anders. D'une voix pure, sans une fêlure. Elle se tenait là-haut comme un pur esprit.

Ceux qui, contre tous les bons usages, s'étaient retournés, l'avaient vue. Elle paraissait immatérielle.

## Chapitre 8

Elle avait eu la permission d'accompagner grand-mère à Strandstedet. Au chantier comme ils disaient. Là il y avait six hommes, sales des pieds à la tête. L'un d'eux était encore un jeune garçon. Il avait le visage tout noir aussi. Il ressemblait à une figurine qu'avait Anna. C'était un nègre en uniforme qui tenait un plateau d'un air solennel. Anna conservait ses partitions sur ce plateau.

Celui-là n'avait pas d'uniforme. S'il en avait porté un, on n'aurait pas su lequel. Parce qu'il était tellement sale. Quand il avait ouvert la bouche pour dire bonjour à grand-mère, elle avait vu ses dents qui ressemblaient à celles de la tête de mort dans le livre de médecine de papa.

Mais quand le garçon avait enlevé son bonnet, des cheveux blonds s'étaient dressés sur le milieu de sa tête. Alors elle avait compris que ce n'était pas un nègre. Car il y avait un cercle de peau blanche sur le front, à la place du bonnet.

Elle était déçue, elle aurait bien aimé voir un vrai nègre.

– Alors, comment ça va, Peder ? avait dit grand-mère en lui donnant une bourrade sur l'épaule.

– Bien, merci, on peut pas s'plaindre, avait-il dit.

Elle avait alors vu qu'il avait de vrais yeux, du blanc autour de quelque chose de très bleu avec une lumière au milieu. Comme la mer au-delà des îlots quand il y avait du soleil.

– J'ai amené la Karna aujourd'hui, avait dit grand-mère.

Le garçon avait tendu sa main noire, et l'avait regardée. Puis il s'était incliné devant Karna comme devant une dame.

– Bonjour Karna Grønelv, avait-il dit en s'inclinant encore une fois.

Quand il parlait, un cercle rose apparaissait à l'intérieur des lèvres noires. Il changeait de forme au fur et à mesure que les mots sortaient.

Elle ne pouvait pas quitter des yeux ce cercle rose.

Au bout d'un escalier étroit il y avait ce que grand-mère appelait « le bureau d'études ». A l'intérieur était installé Wilfred Olaisen, qui lui avait dit « Viens par ici, petite demoiselle ».

Elle était allée vers lui et avait fait sa révérence. Il était propre de partout. Sa main ressemblait à celle de papa. Mais les ongles de papa étaient plus propres.

Grand-mère lui avait aussi donné la main, Elle avait l'air de se plaire dans ce « bureau d'études » car la ride entre ses sourcils avait presque complètement disparu et les coins de sa bouche remontaient vers le haut.

Olaisen avait dit des tas de choses difficiles à comprendre, mais de temps en temps il regardait Karna et lui disait « vous » comme à une dame.

– On a rencontré ton frère en bas dans la forge, avait dit grand-mère.

– Le Peder est bien utile, même s'il lui manque encore la maturité. Il est costaud ! avait dit Olaisen avec fierté.

– Il a pas exactement l'air d'un Goliath. Quel âge a-t-il ?

– Il aura 15 ans en décembre. Il est doué. J'crois bien que j'vais lui payer des études. Mais d'abord faut qu'il apprenne à se servir de ses mains et qu'il prenne un peu de bouteille, avait déclaré Olaisen.

Karna pensait qu'elle n'avait jamais vu un homme avec un aussi beau sourire que celui d'Olaisen quand il parlait de ce frère qui était presque un nègre.

– Que veut-il étudier ? avait demandé grand-mère en s'asseyant sur une vieille chaise avancée par Olaisen.

– Si c'est moi qui paye, faut qu'il apprenne à réparer les bateaux. Je jette pas mon argent par la fenêtre.

Grand-mère n'avait pas trouvé à y redire, et comme il n'y avait pas d'autre chaise, elle avait pris Karna sur ses genoux.

Alors Olaisen s'était précipité hors de la pièce et était revenu avec un tabouret recouvert de taches de peinture sèche.

– J'vous en prie, asseyez-vous ! avait-il dit.

Elle s'était assise et avait pris un air important.

Olaisen avait enlevé sa veste et l'avait accrochée sur un clou au mur. Puis il s'était dressé sur la pointe des pieds et s'était laissé retomber sur les talons. Alors elle avait compris pourquoi Ole disait de lui qu'il était le godelureau à Hanna. Il ressemblait à l'ours en fer blanc qu'Anders lui avait ramené de Bergen. Il avait une clé dans le dos. Quand on la remontait et qu'on mettait l'ours sur le plancher, il faisait dix pas en avant, tout raide.

Olaisen s'était dressé trois fois sur les talons. Et c'était tout.

Quand il s'était assis, grand-mère avait demandé des nouvelles du petit Rikard, s'il avait commencé à marcher.

– Non, il n'aura qu'un an en novembre, avait dit Olaisen.

– Et Hanna ? avait demandé grand-mère.

– Elle prospère et est en bonne santé, avait-il répondu très vite, et s'était mis à parler du chantier qui serait bientôt terminé, et qu'il fallait mettre une annonce dans le journal.

Alors grand-mère avait sorti un papier de son sac et avait lu à haute voix tandis qu'Olaisen était renversé en arrière sur son dossier, le bout des doigts joints.

« Etablissement d'une société. A la municipalité de Tromsø. En vertu de la loi du 3 juillet 1874 concernant le registre du commerce, nous annonçons par la présente que les soussignés Wilfred Olaisen et Dina Bernhoft ont établi de leurs propres moyens une forge et un chantier naval sous le nom : Olaisen & Co. Tous deux se portent garants, mais seul Olaisen a la signature. La firme est localisée sur le quai à Strandstedet.

Strandstedet, 30 octobre 1878.
Wilfred Olaisen                Dina Bernhoft »

Olaisen avait gardé les yeux fermés pendant la lecture. Après, il les avait ouverts, avait sauté sur ses pieds et avait serré la main de grand-mère à nouveau.

– Comment lui est-il venu à l'esprit une formule comme « seul Olaisen a la signature » ? C'est d'une générosité ! Je n'y aurais jamais pensé.

– Ça fait partie des formules habituelles dans ce genre d'annonce, avait dit grand-mère.

Ils avaient signé tous les deux. Olaisen avait mis le papier dans une enveloppe et avait posé un cachet de cire dessus.

L'odeur un peu solennelle de la laque chauffée était la même qu'à la maison.

Grand-mère avait mis la lettre dans son sac pour la faire expédier.

Et Olaisen avait rempli des petits verres. Karna avait eu droit à une goutte dans le sien. Mais elle ne l'avait pas bue.

Grand-mère pensait qu'il fallait engager plusieurs hommes pour tout terminer avant l'hiver.

– Heureusement que tu as commencé les fondations avant que j'investisse mes capitaux. Sans cela, on aurait raté toute la saison de printemps. Alors Olaisen avait mis un crayon derrière son oreille et s'était mis à regarder des papiers qu'il lui présentait. Mais elle s'était dépêchée de les empiler.

– Je les emporte avec moi au Central. Je te les rendrai demain, avait dit grand-mère.

Olaisen avait trouvé du papier d'emballage et de la ficelle et en avait fait un paquet, parce qu'il n'y avait pas la place dans son sac. Il était déjà plein à craquer.

– Vous ne voulez pas descendre chez Hanna et moi ? avait-il demandé, en se levant pour remplir à nouveau le verre de grand-mère.

– Non, on est déjà installées au Central. Et, puisqu'on en parle, Olaisen, tu peux me féliciter, je suis la nouvelle propriétaire de l'hôtel.

– Propriétaire de l'hôtel ? La voix d'Olaisen était devenue coupante, et il était retombé brusquement sur ses deux talons. Ses joues et ses cheveux en étaient tout secoués.

– J'ai acheté l'Hôtel Central. Ça a pris un peu de temps, j'étais tellement occupée par notre chantier. Mais maintenant l'affaire est faite.

L'homme avait fait une si drôle de tête. Il avait changé de couleur. A la fin il était presque rose. Ça n'était pas normal. Karna avait senti que grand-mère et elle allaient à la dérive sur un banc de glace. Ça n'était pas bien agréable. Mais pour tout l'or du monde elle n'aurait pas voulu manquer ça.

Olaisen s'était transformé, comme si on lui avait jeté un sort. Là, en plein devant elles.

Il avait froncé les yeux et avait regardé grand-mère comme si elle venait de jeter une boule de neige sur lui.

Il n'avait pas regardé Karna. Après s'être raclé la

gorge plusieurs fois, il avait dit d'une voix rauque :

– Et elle a gardé ça pour elle !

– Oui. Je ne parle jamais d'affaires en cours.

Et un peu après elle avait ajouté qu'ils étaient peut-être différents sur ce point, elle et lui.

Olaisen s'était assis à nouveau derrière son bureau. Il avait remis son col en ordre et n'avait pas répondu. Karna pouvait voir sa bouche bouger. Comme s'il essayait de dégager un morceau de viande dans une dent creuse.

– Je me souviens avoir dit que je voulais acheter l'hôtel, avait-il dit avec la même voix rauque.

– Je me souviens que tu as dit que tu allais en construire un nouveau, avait corrigé grand-mère. Et tout ce qui sent le neuf est sûrement bien mieux.

Les mains de Karna étaient devenues moites.

Il avait tapé sur la table avec une pile de comptes et avait poussé le fauteuil tournant avec colère.

– Moi qui croyais qu'on était associés !

– En ce qui concerne le chantier naval, oui, mais pas en ce qui concerne l'hôtel.

Karna pouvait voir qu'Olaisen avait du mal à se contrôler. Il était furieux ! Mais il ne voulait pas le montrer. Tout à coup il avait paru dangereux.

– Pas en ce qui concerne l'hôtel, voyez-vous ça. Voyez-vous ça.

– Olaisen, pas la peine de prendre tes grands airs. Cesse de jouer à l'offensé. J'ai vu pire dans le monde des affaires. T'aurais dû plutôt prendre un air de joueur de poker, ça aurait au moins été amusant de te faire concurrence. Avec la tête que tu fais maintenant, je commence à me demander si tu es l'associé qu'il me faut !

Grand-mère n'était plus la même. Et elle s'était levée.

Olaisen n'était plus rose, il était devenu violet.

Grand-mère avait mis ses gants et pris le paquet avec les comptes. Quand elle était passée devant elle, Karna en avait profité pour se cacher dans les plis de ses jupes. Cependant, elle s'était retournée pour faire une petite révérence d'adieu à l'homme derrière la table. Une fois à la porte, grand-mère s'était retournée et avait dit d'un ton presque amusé :

– Tu as jusqu'à demain pour t'habituer à l'idée, quand je te rapporterai les papiers ! Je vais le rebaptiser Grand Hôtel !

Quand elles étaient sorties, Peder le nègre avait soulevé son bonnet alors qu'il était en train de tenir, avec une pince, quelque chose dans une grande flamme. C'était dans l'après-midi et il faisait déjà assez sombre. N'empêche qu'elle avait vu une lueur dans ses yeux. Mais il n'avait rien dit.

Karna avait mangé des boulettes de viande et de la compote de rhubarbe à l'hôtel de grand-mère. C'était un grand événement.

– Grand-mère, les chaises et les tables sont aussi à toi ?

– Oui. Et merci pour ton aide chez Olaisen !

– Comment ça ?

– Si t'avais pas été là, il aurait sûrement été encore plus furieux que j'ai acheté l'hôtel.

– Pourquoi ?

– C'est sûr ! Il a bien vu qu'on était deux ! avait dit grand-mère avec sérieux.

Elle avait levé son verre de vin et Karna avait levé le sien rempli de sirop de framboise. C'était aussi solennel que dans une église, mais plus amusant.

En pensant à l'église, une idée lui était venue.

– Il te manque, Anders, grand-mère ?

– Oui, ça me manque de ne plus le voir se promener, ou se coucher dans son lit le soir... Mais autrement, je trouve qu'il est toujours parmi nous. Pas toi ?

– Tu lui parles ? avait-elle chuchoté.

– Ça arrive. Mais pas à haute voix, comme à toi. Enfin, il est arrivé aussi que je lui parle à haute voix, avait-elle dit en souriant.

Karna avait approuvé d'un signe de tête et regardé son assiette, les yeux remplis de larmes.

– Les gens devraient pas mourir.

Grand-mère était restée silencieuse, puis elle lui avait tendu sa main par-dessus la table.

Elle avait vite levé la tête. Et grand-mère avait dit tout bas :

– Je suis contente d'être revenue avant sa mort.

– Moi aussi, avait dit Karna, étonnée de ne pas y avoir pensé avant.

Elles étaient restées un moment sans rien dire.

– Tu le savais ? C'est pour ça que tu es revenue, grand-mère ?

– J'avais bien pensé qu'un jour ou l'autre ce serait peut-être trop tard. Pas seulement parce qu'on pouvait mourir... Et puis la lettre avec le dessin est arrivée... avec le dessin des oisillons morts, tu te souviens ? Et puis il y avait Benjamin et Anna. Et Anders... Il y avait sûrement d'autres raisons aussi, je pense.

– Tu sais, grand-mère, j'ai écrasé ces œufs. C'était pour ça.

– J'ai bien pensé que c'était quelque chose dans ce genre.

– Tu as déjà fait quelque chose d'aussi vilain ?

– Bien, bien pire.

– Quoi alors ?

– Je te raconterai quand tu seras plus grande.

Grand-mère avait fermé les yeux comme si elle réfléchissait à ce qui était pire. Puis elle les avait ouverts et avait regardé Karna en souriant.

– Aujourd'hui on fête ça !

Au début de novembre le médecin du district avait convoqué Benjamin pour lui dire qu'il avait demandé à prendre sa retraite. Il voulait repartir dans le sud, dans sa ville natale où l'on grasseyait les *r* et où l'on pouvait sortir en bras de chemise dès le mois d'avril. Il voulait que Benjamin postule.

– Et puis tu m'achètes cette maison, les instruments et tout le bataclan ! Et on sera contents tous les deux. Tout au moins moi !

Et le médecin du district ne se sentait pas bien en ce moment, alors Benjamin pouvait-il faire une ou deux tournées de consultation au cours de l'hiver dans les paroisses avoisinantes ? Il lui procurerait trois passeurs permanents. Ces consultations, qui rassemblaient les paroissiens à l'occasion du service religieux dominical étaient épuisantes. Ou bien il ne s'agissait que de bagatelles, ou bien c'était si grave qu'il n'y avait pas de médication. S'il pouvait partir le samedi et essayer d'arriver avant deux heures pour donner des consultations toute l'après-midi ? Enfin, ça pouvait se prolonger jusque tard dans la soirée, aussi longtemps qu'il restait du pétrole dans les lampes. Mais Benjamin était jeune, dans la force de l'âge.

– Seulement aie bien soin de t'en aller avant la messe du dimanche, autrement les habitants du coin risquent de se trouver à l'article de la mort après le service religieux. Et tu risques de ne pas rentrer chez toi ce jour-là.

Il y avait aussi une chose qui lui pesait, Benjamin pouvait-il s'en occuper tout de suite aussi adroitement que possible ? Ecrire une lettre à la commission des pauvres concernant la pauvre Kristine Olsen. Elle était atteinte d'une maladie vénérienne, accidents tertiaires de la syphilis, qui demandait une hospitalisation.

– Je l'ai eue en consultation, pauvre femme, et j'ai réquisitionné une place à Tromsø. Mais il nous faut des crédits de la commission, et plus vite que ça. Le diable sait où elle a attrapé ça ? Je n'ai rien pu en sortir durant la consultation. Ma femme prétend avoir entendu dire que c'est une Finnoise qui a contaminé son mari dans le Finnmark. Mais il y a longtemps qu'il l'a quittée.

– Alors il faut le trouver lui aussi ? dit Benjamin.

– Oui, c'est aussi ce que je pense, dit le vieil homme avec vivacité. Et tu as plus d'énergie que moi. Et enfin, dernier cas pour aujourd'hui : Secilie Andreasdatter, 24 ans et souffrant d'épilepsie. Tu sais, je t'en ai déjà parlé. Tu as de l'expérience en la matière, alors j'ai pensé que tu pourrais contribuer à faire avancer les choses pour mettre la loi en pratique... Elle a une crise quotidienne, en général la nuit, le reste du temps elle est plutôt abrutie. Elle est calme en général, mais peut devenir dangereuse si les enfants la taquinent. Elle souffre d'incontinence nocturne. Le bromure que tu conseilles ne sert à rien. Les parents sont pauvres et n'ont même pas assez de draps, alors il faut envoyer une lettre à la commission pour qu'on la prenne en charge. Il faut mettre la loi en pratique.

– Que veux-tu dire par là ?

– La loi sur les maladies mentales, § 19.

Benjamin changea de couleur.

– Oui, je sais que tu as une autre opinion, parce que ta Karna n'est pas du tout folle. Celle-ci non plus du reste. Mais elle n'a personne. Seulement sa misérable famille...

– Je vais essayer de trouver une manière de la soigner sur place.

– Tu es féru de bonnes intentions. Mais elle est maltraitée par les siens aussi. Il faut qu'elle s'en aille. Ce serait trop cher même si l'on trouvait une famille d'accueil. C'est pourquoi il faut utiliser le paragraphe 19 pour que la commission donne des subsides.

– Je ne peux pas déclarer qu'elle a une maladie mentale pour obtenir de l'argent.

– Mais si, tu le peux, puisqu'on ne peut pas faire autrement. Préfères-tu la laisser nager dans ses propres excréments ? dit le vieux médecin, furieux.

Ce n'était pas la première fois qu'il gagnait une manche. Et le punch fut servi ce soir-là comme d'habitude.

Cependant Benjamin ne cessait de voir les yeux révulsés de Karna, sa bouche écumante et ses membres secoués de spasmes. Il sentait les battements de son propre cœur devant cette image.

Et quand il prit congé, le vieil homme lui dit :

– Le sentiment de justice n'a jamais nourri son homme, alors nous devons faire usage de la loi de la meilleure façon possible, nous qui en avons le pouvoir.

Les diverses tâches imposées au médecin du district retenaient Benjamin à Strandstedet le plus clair de son temps. Il se dépensait sans compter. Il lui arrivait de somnoler dans le bateau entre ses consultations. Heureusement que le temps n'était pas trop mauvais.

Le vieux médecin avait tenu parole, il avait trois passeurs à sa disposition quand il allait en consultation dans les autres paroisses. C'était un soulagement de ne pas avoir à diriger le bateau tout seul dans le noir et par gros temps. Mais ce n'était pas facile non plus d'être en contact si intime avec ces hommes étrangers. Il lui arrivait souvent de se coucher entre deux couvertures de fourrure et de faire semblant de dormir.

Cet automne Anna avait de nouveau pris en charge les cours de rattrapage. En plus elle faisait des remplacements à l'école de Strandstedet et dans les écoles voisines parce que l'instituteur se préparait à la pêche aux Lofoten.

C'était plutôt une excuse qu'il avait fournie. On l'avait accusé d'avoir frappé les mains d'un garçon à tel point qu'il en avait manqué la classe.

Benjamin avait aidé les parents à rédiger une plainte à l'inspection scolaire, car c'était lui qui avait soigné le petit et avait constaté plusieurs fractures et des muscles abîmés.

L'inspecteur avait répondu que l'instituteur n'avait employé qu'un châtiment corporel modéré : trois coups de règle plate sur chaque main. Pour punir l'élève de son ignorance. L'instituteur prétendait qu'il ne savait jamais un traître mot de sa leçon quand on l'interrogeait. Il accusait les parents d'avoir eux-mêmes infligé les blessures à leur fils pour justifier sa paresse et son manque d'intérêt à l'étude.

En conclusion, les parents avaient été condamnés à payer une amende pour n'avoir pas envoyé l'enfant à l'école.

Benjamin les aida à rédiger une nouvelle plainte. La réponse ne se fit pas attendre, l'inspecteur avait plusieurs remarques à faire sur l'enseignement que prodiguait Anna. Par exemple, elle avait fait chanter des chansons profanes pendant le cours de rattrapage à Reinsnes. Et ce, pendant les cours qui auraient dû être employés à consolider leur foi chrétienne.

Anna répondit par écrit. Elle se réservait le droit de faire chanter des chansons profanes du moment qu'elle veillait à enseigner le reste. Mais l'inspecteur n'avait pas l'habitude que les bonnes femmes « écrivent sans arrêt en se glorifiant de manière déplacée », comme il disait. Anna qui, de son côté, n'avait pas l'habitude d'être qualifiée de « bonne femme », se lança dans d'âpres échanges épistolaires avec la commission scolaire. Cela inquiétait le doyen qui désirait la garder.

Benjamin suivait le cours des événements en souriant. Il reconnaissait bien là l'Anna qu'il avait connue à travers leur correspondance.

Certains jours sa bouche avait l'air d'un petit bouton rose au milieu de son visage et le bleu de ses yeux luisait dans le noir de l'hiver.

Un samedi où il n'avait pas eu besoin de partir en consultation dans la paroisse voisine parce qu'aucun service religieux n'y était prévu le lendemain, il rentra pour trouver Anna en fureur. Elle avait encore reçu une lettre. Cette fois non pas de la commission, mais de l'inspecteur lui-même.

– Je ne peux pas accepter ça ! Je vais aller à Strandstedet pour en parler avec le doyen.

L'inspecteur écrivait qu'il avait reçu une plainte de Ole Tobiassen, père nourricier du jeune Lars qui avait 12 ans. Ce dernier avait raconté qu'Anna amenait dans la classe sa belle-fille Karna et que celle-ci était tombée en syncope. Ayant ainsi causé une grande frayeur aux élèves et détourné leur attention. Par deux fois l'écume de sa bouche s'était répandue jusque sur le plancher. L'inspecteur trouvait donc nécessaire de demander à Anna par écrit de cesser d'amener cette enfant dans la classe.

D'autre part, certains étaient d'avis que le mieux serait d'avoir un instituteur qui pouvait enseigner dans la langue des élèves. Anna Grønelv avait plusieurs fois, malgré les réprimandes, commencé la classe par une chanson profane, avant la lecture de l'Evangile. Elle ne mettait pas non plus son honneur à ce que les enfants sachent leur catéchisme par cœur. Ce qui était fort regrettable.

Benjamin se mit à rire.

– Tu trouves ça drôle ?

– Non, mais je n'arrive pas à le prendre au sérieux. Cet homme a peur de toi. Et pour le reste, il n'a pas encore compris que la terre est ronde.

– Enfin, il est question de Karna, dit-elle.

– Qu'est-ce que tu as répondu ?

Elle alla vers le secrétaire pour chercher sa réponse.

« A la très honorable commission, aux bons soins de son président !

J'ai reçu une lettre de l'inspecteur qui, je suppose, vous en a transmis la copie. Il me refuse le droit d'amener ma belle-fille Karna dans ma classe. Je peux certifier qu'elle se conduit convenablement, qu'elle sait lire et compter, qu'elle est très douée pour diriger un chœur et qu'elle aura sept ans cet été. La raison que l'inspecteur invoque est qu'elle souffre de temps en temps d'épilepsie.

Pour aller droit au fait : je n'ai pas l'intention d'obtempérer à la demande de l'inspecteur !

Par contre j'espère que la commission scolaire veillera à ce que l'inspecteur remplisse les tâches qui lui incombent.

Malgré mes nombreuses requêtes il n'a toujours pas obtenu que les parents nourriciers d'Oskar Pedersen l'envoient en classe habillé convenablement et pourvu de ravitaillement. Pendant les trois semaines de classe avant Noël il n'a pas pu changer de vêtements. Il n'avait pas assez de provisions pour satisfaire sa faim, ce qui l'a mis dans une situation humiliante vis-à-vis des autres enfants. Ils l'ont traité de gueux parce qu'ils ont compris que je partageais mon casse-croûte avec lui.

Il a eu beaucoup d'absences qu'il n'a pu expliquer autrement que parce qu'il n'avait pas de chaussures, n'avait pas assez à manger, ou pas de transport. Les parents nourriciers reçoivent des subsides de la commission des pauvres pour pourvoir à tous ces besoins.

Dans ce cas spécial l'inspecteur a montré peu de compréhension envers les besoins d'un enfant, ce que je n'ai pas manqué de lui faire remarquer. J'en ai donc conclu que l'inquiétude de l'inspecteur à propos de ce qu'un enfant peut supporter de voir, en ce qui concerne les crises d'épilepsie de ma belle-fille, n'est pas à prendre au sérieux.

Pour en venir au fait que je n'enseigne pas dans la langue des élèves, et que je ne suis pas un homme, je désire rappeler à l'honorable commission que l'instituteur en titre bien qu'étant un homme, n'est pas instituteur pour autant. Il n'a aucune autre qualification que n'importe quel autre homme confirmé par un prêtre. Il est, en plus, d'origine finnoise, ce qui ne rend pas sa langue plus compréhensible que mon danois.

Je demande à ces messieurs de bien vouloir examiner à nouveau les certificats que j'ai envoyés et de passer mon norvégien au crible. Vous êtes, bien entendu, tout à fait les bienvenus pour assister à mes cours.

En ce qui concerne l'enseignement du Catéchisme et de la Bible, je dois avouer que je suis pleine de compréhension envers ceux de mes élèves qui n'arrivent pas à apprendre par cœur. En partie parce qu'ils sont trop souvent absents, en partie parce qu'ils travaillent trop dur chez eux, et enfin ils sont trop mal nourris et mal habillés.

En plus, j'ose prétendre qu'avec un tant soit peu d'altruisme il est facile de comprendre qu'un enfant ait besoin de repos et de calme, et que sans cela il lui est impossible d'apprendre quoi que ce soit.

Cela n'est pas dans les responsabilités de l'instituteur, même si c'est une femme.

Certains élèves sont tellement terrorisés par leur instituteur, ou par ses coups de règle, qu'ils n'arrivent pas à prononcer un seul mot qui ne se trouve pas dans le livre. Cela n'est pas une source de connaissances, mais une source d'angoisse. En être le témoin est bien pire que d'assister à une crise d'épilepsie chez une petite fille.

Pour terminer je me permets de rappeler à la commission que j'ai eu deux occasions de me plaindre de l'inspecteur dont il est question parce qu'il n'avait pas organisé le transport qui m'était nécessaire pour me rendre dans le district. Il m'est arrivé une fois de marcher trois heures dans la neige pour arriver à la ferme où je devais enseigner. Une fois arrivée, j'ai constaté que le coffre contenant le matériel n'avait pas été apporté, et que je n'avais ni livre de psaumes ni même un crayon d'ardoise à ma disposition.

Quand j'en ai fait la remarque à l'inspecteur, il a prétendu qu'il avait fait mauvais temps. Je me suis permis de lui faire remarquer que nous habitions le Nordland, et que même au Danemark on ne considère pas un temps ensoleillé et quelques vaguelettes sur la mer comme du mauvais temps. Je suis prête à le lui répéter devant la commission.

Conclusion : 1) Je ne me soumettrai pas aux directives de l'inspecteur. 2) Je profite de l'occasion pour porter plainte contre ce même inspecteur parce qu'il ne remplit pas la tâche qui lui est assignée. 3) Dans le cas où la commission verrait une raison de m'écarter de ce travail, cela n'améliorerait en rien la situation des enfants, mais cela soulagerait indubitablement l'inspecteur.

Avec l'assurance etc., etc.

Anna Grønelv »

– Alors, qu'en dis-tu ?

– Je suis fier de toi ! Envoie-la !

Même mort Anders n'était pas absent. Anna parlait de lui quotidiennement. Comme si elle avait décidé d'être celle qui faisait tout sortir de l'oubli.

Benjamin se rendait compte à quel point cela facilitait les choses.

Mais Anna recevait des lettres. Après les fêtes de Noël sa mère lui écrivit pour lui annoncer sa visite et celle de son père pour le printemps prochain.

Il pensait que cela allait la mettre de bonne humeur, mais pendant plusieurs jours elle parut agitée et peu communicative.

Après plusieurs jours à Strandstedet, cette mauvaise humeur n'était toujours pas passée quand il revint, et il lui demanda si elle craignait que les travaux de réparation ne fussent pas terminés pour l'arrivée de ses parents. Ou bien si elle trouvait que ce qu'ils avaient à leur offrir n'était vraiment pas digne d'eux.

– Il ne faut jamais penser cela ! dit-elle d'un air effrayé.

– Qu'est-ce qu'il y a alors ?

– Ils me sont devenus si étrangers... La vie à Copenhague est devenue si lointaine. J'ai peur que cela ne nous dérange. Que nous commencions à penser qu'il existe d'autres endroits.

– Mais nous pouvons vivre tout en sachant qu'il existe d'autres vies. Et si nous ne le pouvons pas, eh bien déménageons.

– Mais tu as demandé le poste de médecin du district.

– Il n'est même pas sûr que je l'obtienne.

– Tu l'obtiendras. Dina dit que...

– Il faut que Dina cesse de faire des projets pour moi ! dit Benjamin avec colère.

– Benjamin, dit-elle en le menaçant, tu y reviens encore !

– Bon, très bien.

Il se mit à rire et leva les deux mains en l'air comme si elle l'avait menacé d'une arme.

– Puisque tu es si positive envers Dina, tu vas voir que je saurai bien recevoir tes parents.

Ils étaient seuls dans la salle et elle se mit à recopier pour lui une lettre adressée à la commission des pauvres.

Au bout d'un moment elle leva la tête.

– As-tu parlé à Dina de ce qui est arrivé quand Anders est mort ?

– A peine, dit-il évasivement.

– Puis-je te demander comment cela s'est passé ?

– J'ai présenté mes excuses pour avoir été grossier.

– Et qu'a-t-elle dit ?

– Elle a prétendu que je n'avais pas à m'excuser auprès d'elle. Elle voulait probablement dire que c'était auprès d'Anders et de toi que ...

– Et tu n'as pas dit que tu l'avais fait ?

– Non, Anna, tu ne comprends rien ? Il est impossible d'avoir une conversation avec Dina !

– Alors c'est curieux que moi j'y arrive !

Il soupira.

– Tu as peut-être raison.

Et un peu plus tard, après avoir relu son rapport :

– J'aimerais bien savoir m'exprimer comme tu le fais !

– On n'a pas besoin de savoir faire les mêmes choses, dit-elle avec gaieté. Occupe-toi seulement de ce que tu sais faire, ça me suffit !

Il la bouscula et la fit tomber sur le lit.

– Pas maintenant ! Elle le menaçait d'un doigt taché d'encre. Mais ses yeux brillaient.

## Chapitre 9

Au cours des soirées qu'il passait à Strandstedet, Benjamin était plusieurs fois monté pour rendre visite aux Olaisen. Dina y allait régulièrement depuis qu'elle passait son temps au Grand Hôtel pour surveiller les travaux.

Mais il ne trouvait pas toujours de raisons assez plausibles pour y aller. Une ou deux fois il était tombé sur Olaisen. Il avait quelque chose dans le regard. Ensuite il s'était dit que seule son imagination lui faisait croire que l'homme le regardait d'un sale œil.

Un matin de janvier, alors qu'il allait rentrer chez lui, il trouva Hanna assise sur un rocher près de son bateau. Il l'avait à peine reconnue à travers l'épaisseur de tous ses vêtements.

Elle se mit debout sans rien dire.

– Tu veux partir avec moi ? demanda-t-il d'une voix mal assurée, sans dire bonjour.

Elle fit signe que oui.

– Si ça ne te gêne pas. Je dois aller voir maman. Elle m'a demandé de l'aider pour son voyage en Amérique... et...

Il sentait sa bouche se dessécher.

Néanmoins il la souleva pour la mettre dans le

bateau, juste comme la dernière fois. L'installa sur le banc de nage et poussa l'embarcation à la mer.

Ils ne parlaient pas. Il surveillait la côte qui se dessinait dans la demi-obscurité et il sentait le froid humide traverser ses vêtements. Quand ils arrivèrent à la hauteur de l'îlot où ils s'étaient réfugiés quelques années auparavant, il déploya les voiles.

– Le temps passe et change beaucoup de choses, fit-elle.

Il ne répondit rien.

– J'ai quelque chose à te dire.

– Ah bon ?

– Il croit que le gosse que j'attends est de toi !

Il s'était levé pour carguer la voile. Mais il dut prendre appui pour garder son équilibre, et se rassit.

– Tu plaisantes ? dit-il d'une voix rauque.

– C'est ce qu'il pense, dit-elle brutalement.

– Qu'est-ce qui le lui fait croire ? dit-il sans la regarder.

– Quelqu'un m'a vue dans ton bateau.

– Mais Hanna, il y a des années de ça !

– Non. J'ai essayé plusieurs fois de te rencontrer... Mais je suis partie dès que quelqu'un est arrivé.

C'était trop incroyable. Quelle idée, mais bon sang de bon Dieu, ça n'avait ni queue ni tête !

– Et tu es venue quand même aujourd'hui ? demanda-t-il.

– Oui.

– Mais était-ce bien nécessaire, s'il croit que... ?

Elle se détourna de lui, comme si elle surveillait la côte.

– Il fallait que je parle à quelqu'un... Attention à l'écueil ! cria-t-elle.

Il vira de bord en un clin d'œil et eut à peine le temps d'apercevoir le rocher gris. Qu'ils dépassèrent.

– Comment en est-il arrivé là ? demanda-t-il à haute voix tandis qu'il pensait : En mer c'est ainsi. On peut crier bien fort ce que l'on aurait murmuré ailleurs.

– Une bonne femme de Strandstedet nous a vus dans le bateau cette fois-là, il y a longtemps. Et en plus, je ne suis jamais arrivée jusqu'à Reinsnes. C'est ce que Wilfred a entendu dire il n'y a pas très longtemps.

– Tu as expliqué ce qui est arrivé ?

– Non. J'ai dit que j'avais fait demi-tour parce que j'étais tellement mouillée. Mais il ne m'a pas crue. Depuis, il a trouvé qu'on avait eu des tas d'occasions...

Elle se tenait remarquablement droite dans l'embarcation. Comme si ce qu'elle racontait ne la touchait en rien.

– Quelles occasions ? demanda-t-il.

– La dernière fois qu'il est allé à Trondhjem avec *Le Cygne* en novembre. Et tu restes si souvent la nuit à Strandstedet pour aider le vieux docteur.

– Mais Hanna, c'est de la folie ! Je vais lui parler.

– J'crois pas que ça y fasse grand-chose.

– Qu'est-ce qu'il a dit ?

Elle se recroquevilla sur elle-même. Fit une moue. Puis ravala sa gêne.

– Que puisque tu sais soigner les femmes, faut que tu fasses sortir ce que t'as fait entrer. Il n'en veut pas chez lui.

– Il a pas dit ça ?

Elle ne répondit pas.

– Ça n'était pas son intention, Hanna. Il est seulement...

Il s'arrêta net quand elle commença à déboutonner son manteau et à défaire son châle.

Elle en a trop vu, Hanna, pensa-t-il, et c'est de ma faute.

– Il ne faut pas. Il fait froid. Hanna ! cria-t-il.

Mais elle continuait, l'air fou et les yeux fermés.

– Hanna ! Arrête !

Il se jeta à l'avant du bateau pour l'empêcher de mettre son torse à nu. Quand il lâcha le gouvernail, ils perdirent la direction. Le bateau donna de la bande et il dut retourner à la barre pour le redresser.

Quand il leva les yeux sur elle à nouveau, elle était nue jusqu'à la ceinture. Il en perdait le souffle, ayant peine à croire ce qu'elle lui montrait.

Une large cicatrice entourée de taches bleues et jaunes lui barrait un sein jusqu'à son cou.

La rage le prit aux tripes et il ne sentait plus la barre qu'il tenait entre ses mains.

– Où as-tu attrapé ça ? demanda-t-il d'une voix rauque.

Sans répondre, elle se mit à se rhabiller.

Il restait sans voix, désarçonné. Puis ayant trouvé une

accalmie en pleine mer, il attacha le gouvernail et lui tendit les bras.

Elle se glissa sur le banc de nage juste en face de lui. Il l'entoura de ses bras et posa son front contre le sien. Les doigts glacés qu'elle passait sur son cou le brûlaient.

– Quand cela est-il arrivé ? demanda-t-il aussi calmement que possible.

– La semaine dernière.

– C'est arrivé aussi avant... avant que tu attendes l'enfant ?

Elle leva la tête et fit un signe affirmatif.

– Combien de fois ?

– Une ou deux fois...

– Pour quelle raison ?

– Parce qu'Isak parlait trop de toi... et de Reinsnes.

Il était sur le point de déclarer que Wilfred Olaisen était un démon et de lui demander de déménager à Reinsnes avec ses enfants. Mais, dans tout ce brouillard Anna fit une apparition. Rapide. Anna levait la tête et le contemplait avec gravité. Et elle disait : Mais Benjamin, de quel droit ?

Il voulut déboutonner les vêtements pour revoir les plaies. Mais elle repoussa sa main.

– Je vais regarder ça quand nous serons arrivés, dit-il d'une voix morne.

Elle secoua la tête.

– Peut-être faut-il t'en aller ? essaya-t-il.

Elle ouvrit alors les yeux sur lui.

– Où ça, Benjamin ? murmura-t-elle.

Puisqu'il ne répondait pas, elle cria vers la mer :

– Où ça ? Avec un enfant à chaque main et un troisième dans le ventre ? Où ça ? Tu peux me l'dire ?

– Je vais lui parler, dit-il avec fermeté. Il va bien finir par se calmer quand il comprendra qu'il se trompe et quand il aura pris du recul. Surtout quand il saura que je suis au courant.

– Tu ne le connais pas, dit-elle simplement.

– Non, mais je ne peux pas le laisser te battre à mort, même si je ne le connais pas. Il est à la maison ?

– Non, aux Lofoten.

– Il revient quand ?

– Dans deux jours.

– Bien ! Je repartirai avec toi à Strandstedet pour dire deux mots à ce type.

– Il me tuera.

– C'est impossible tant que je suis là.

– Tu ne seras pas là tout le temps...

– Faut peut-être en parler à quelqu'un d'autre. Le docteur du district... Pour le raisonner.

– On va vers la pleine mer, dit-elle brusquement, de sa manière habituelle, qui était de voir plutôt le côté pratique des choses.

Ils avaient dépassé depuis longtemps les derniers îlots.

Il détacha le gouvernail et vira de bord. Cela prit du temps. Le vent n'était d'aucune aide et la voile était mouillée.

– Tu as peur ? demanda-t-il.

– De la mer ? Non ! dit-elle avec force.

Et un peu plus tard :

– Et toi ? Tu as peur ? De lui ?

Il lui lança un coup d'œil.

– Peur ? Non. Mais le pire c'est qu'il te bat...

– Pour toi ça peut-être bien pire.

– Comment ça ?

– Il parlera à Anna.

– Non !

– Il l'a dit.

– Je savais que c'était un salaud, mais pas à ce point...

– Il est pas pire que les autres. Il a seulement d'autres méthodes.

Il la regardait fixement, puis il se mit à rire. Elle lui lança un regard furieux.

– Tu prends sa défense ?

– Non ! Je ne prends la défense d'aucun de vous !

Il pensa que, depuis l'enfance, il en était ainsi. Mais s'ils avaient été des enfants, il se serait jeté sur elle. L'aurait invectivée. Parce qu'elle le mettait dans le même sac que cet homme. Mais il resta le regard perdu, le gouvernail comme un objet étranger entre les mains.

Il remontait le temps. Avec elle. Elle avait toujours des écorchures, autrefois aussi. Et il fallait toujours la consoler. Ils sautaient dans le foin, même quand ils n'en avaient plus la permission. Ça pouvait les brûler, disaient les adultes qui leur avaient interdit de dormir dans le même lit. Ils étaient devenus trop grands pour ça. Mais ils dénichaient toujours un coin. Peut-être en était-il toujours de même ? Pour Hanna et lui ?

A nouveau il vit la silhouette d'Anna. Elle le regardait. Sans reproche. Plutôt avec étonnement. Comme si elle disait : Personne ne t'y a obligé, Benjamin.

– Bien, Hanna ! Tu ne prends la défense de personne. Je vais quand même te ramener à Strandstedet quand il reviendra.

– Non, maintenant, dit-elle.

– Mais on est bientôt à Reinsnes ! Et il faut que je voie ta plaie.

– Tu l'as vue. Et j'ai dit ce que j'avais à dire.

– Tu étais dès le début décidée à rentrer ? cria-t-il.

Elle ne répondit pas, mais se faufila vers l'avant à nouveau.

– Pourquoi ? dit-il un peu calmé.

– Parce que je voulais te parler en tête à tête ! C'est si difficile à comprendre ? On n'a pas eu l'occasion d'être seuls depuis...

Il était sur le point de lui demander pourquoi elle avait recherché son bateau plusieurs fois et de cette façon donné à son mari des raisons de douter. Maintenant, si longtemps après. Mais il se ravisa.

– Que veux-tu que je fasse ? demanda-t-il.

– Ramène-moi chez moi à Strandstedet. Dépose-moi dans la crique derrière l'église, pour que personne ne me voit. Ça te donnera peut-être une chance de sauver ta propre peau.

Il pinça les lèvres sans rien ajouter. Elle lui facilitait la retraite.

Il sortit des buissons quand Benjamin la débarqua. Il faisait déjà assez sombre. Mais tous les deux le reconnurent. Il avait plié soigneusement son gilet et son pardessus sur un rocher dans la laisse. Grand et large d'épaules, les manches retroussées, dans le paysage glacé. Toute une rangée de dents blanches et luisantes. Des yeux clairs et décidés. Qui savaient ce qui les attendait. Il les reçut tranquillement, les jambes écartées et les bras en avant.

Benjamin se dit qu'en compétition avec cet homme-là, il ne suffisait pas d'être bon rameur. Il ressentit un serrement à l'estomac quand il lança :

– Bonsoir, Olaisen !

L'homme ne répondit pas. Il continuait à avancer vers eux les bras en avant comme pour les embrasser tous les deux. C'était pour ainsi dire ce qu'il allait faire.

Dès le premier coup Benjamin tomba sur les galets de la plage. Mais cela ne l'empêcha pas de se redresser sur les genoux et de demander à l'homme de se calmer.

Le deuxième coup fut plus rude, car il fut projeté sur une grosse pierre.

Il entendit un cartilage craquer. Ça devait être l'oreille. Mais il ne sentait rien. Le choc l'avait en quelque sorte insensibilisé.

– J'vais lui apprendre, moi, au docteur, à engrosser les bonnes femmes des autres. Tiens !

L'homme lui envoya un coup de pied au bas de l'abdomen. Cette douleur. Cette nausée. Il sentait son estomac se retourner. Il fallait rester tranquille. Faire le mort. Ainsi...

Quand Olaisen leva le pied pour un nouveau coup, il rassembla ses forces et l'attrapa par la cheville. Le grand entrepreneur de Strandstedet fut forcé de rouler à terre lui aussi. Le visage dans la neige fondue.

Benjamin se jeta sur lui et lui tint les bras derrière le dos. Quand il eut repris sa respiration, il dit en insistant sur chaque mot.

– Hanna m'a dit que tu voulais que j'extirpe de son ventre le gosse dont, selon toi, je suis le père. Mais je n'en suis pas le père ! C'est une impossibilité physique ! Tu comprends ! Ne la désespère pas au point de la faire se jeter à l'eau. Et si tu la frappes encore une fois, j'irai chez le commissaire porter plainte !

L'homme marmonna quelque chose, le visage dans le sable. C'était incompréhensible. Benjamin le relâcha, pour y comprendre quelque chose, si possible.

Olaisen se retourna avec difficulté. Et ils restèrent assis sur le sol en se regardant dans les yeux.

– Satané cavaleur ! siffla Olaisen. Je pourrais t'écraser comme une punaise !

– En effet ! soupira Benjamin. Tu es fort comme un bœuf ! Mais ne frappe pas Hanna !

– Où étiez-vous ?

Benjamin reprenait sa respiration.

– Elle était assise sur un rocher quand je suis arrivé au bateau. Hors d'elle. Elle avait besoin de parler à quelqu'un après les coups qu'elle avait reçus et les pires accusations que tu avais portées contre elle. J'étais le seul, comprends-tu, imbécile ?

– Alors elle avait besoin de se faire consoler sur un îlot ?

– On n'a mis le pied sur aucun îlot.

– Alors pourquoi est-elle montée dans le bateau ? Elle avait dit à la bonne qu'elle reviendrait ce soir.

– Elle voulait seulement parler.

Olaisen se retourna vers Hanna et cria :

– C'est à lui que tu voulais parler ? Et t'oubliais les gosses ?

Hanna était restée près du bateau. Benjamin ne pouvait pas la voir. Il n'entendit pas sa réponse ni ne la vit bouger.

– Voilà ! Une femme enceinte peut être poussée à bout quand son mari se montre aussi impossible. Tu es complètement fou, tu ne te rends pas compte ? dit-il tout bas et avec force.

– Sale...

L'homme s'était relevé, menaçant. Benjamin se mit debout pour éviter un coup de pied à la tête. Une seconde après il reçut son poing. Il avait essayé de se baisser. Mais cet homme ne se battait pas comme un ivrogne. Il visait bien.

Benjamin essayait de rester debout. Il avait pris cette décision. S'il tombait, il n'avait aucune chance.

Il fut envoyé à terre par trois fois. Mais arriva chaque fois à se relever. Entre chaque coup, il reprenait sa respiration. Donnait des explications. Essayait de calmer.

Comme s'il s'adressait à un cheval apeuré. Il oubliait qu'il était lui-même impliqué dans cette affaire.

Petit à petit il comprit que l'homme, en réalité, ne demandait qu'à le croire. Tout à coup il sembla éprouver des regrets. Quand Benjamin perdit l'équilibre à nouveau, il l'attrapa par les bras et l'assit sur un rocher. Cela aurait pu être pire.

Benjamin s'essuya le nez et se passa la main dans les cheveux avec étonnement, étourdi et dérouté. L'image d'Anna passa devant ses yeux. Elle avait l'air satisfaite, mais ne disait rien. Loin dans la mer il avait l'impression qu'il y avait une éclaircie. C'était déjà quelque chose. Son nez en avait pris un coup, mais ses dents étaient intactes.

Il vit, dans une brume rouge, Hanna retenir le bateau des deux mains, tout en vomissant. Donc, tout cela était bien réel. Il pensa qu'il lui fallait reprendre ses esprits, remettre les choses en place. C'est ainsi qu'il bredouilla :

– Ramène-la à la maison et ne la frappe plus. Tu ne vois donc pas que tout cela lui fait du mal.

Il resta assis et les suivit des yeux. Ils avaient l'air aussi misérables tous les trois, pensa-t-il.

L'homme marchait vite, devant, et elle se traînait derrière. Quand leurs ombres disparurent, il se mit à trembler.

Il ne savait plus combien de temps il avait mis à tirer son bateau à terre. Il avait d'abord pensé allumer une pipe, mais comprit vite que c'était au-dessus de ses forces. Il se contenta d'essuyer tant bien que mal le sang et le sable puisqu'il était là de toute façon.

La journée avait été assez longue comme ça. Cette nuit, il se contenterait de son réduit derrière son bureau à Strandstedet.

Il fut réveillé par quelqu'un qui tapait sur le mur. Ou bien à la porte ? Il sortit du lit et traversa son bureau pour aller jusqu'à la fenêtre. Une petite silhouette se tenait là, dehors dans l'obscurité.

A cette vue, il se réveilla tout à fait. Il trébucha dans la petite entrée, qui servait aussi de salle d'attente, et ouvrit la porte. Mais personne ne vint.

Il dut sortir pour aller la chercher.

Son visage était méconnaissable. Un amas de cheveux et de sang. Et au beau milieu de tout ça, les yeux brûlants de Hanna le fixaient.

Il la prit dans ses bras pour la porter dans son cabinet. L'installa sur la chaise devant son bureau et alluma la lampe.

Elle saignait tellement qu'il était difficile de savoir par où commencer. Avec précaution il leva son visage vers la lampe. Ecartant ses cheveux, il constatait les dégâts.

L'homme n'y était pas allé de main morte. La lèvre était fendue et il y avait une plaie profonde au-dessus de l'œil. Et en plus, plusieurs plaies à la tête.

Il mit de l'eau à bouillir et rassembla ce dont il avait besoin sans parler. Elle le suivait des yeux. Elle essayait continuellement de se lever, mais retombait sur la chaise.

Finalement elle leva le bras et montra du doigt quelque chose à ses pieds.

Il baissa les yeux. Autour de ses pieds une mare sombre se dessinait.

Il l'aida à monter sur le banc d'examen et lui enleva ses vêtements. D'une manière ou d'une autre il se rendit compte qu'il n'y avait guère autre chose à faire qu'attendre.

Elle était allongée, les yeux fermés, pendant qu'il l'examinait. Il se demandait comment faire pour qu'elle se sente moins humiliée. Mais ne trouva rien. Il avait l'impression que sans les plaies au visage, elle serait restée chez elle, risquant de mourir d'une hémorragie.

Il lui glissa un coussin sous le bassin, deux compresses entre les jambes et la recouvrit d'une couverture. Elle était secouée de tremblements, à tel point qu'il alla chercher son édredon.

Il la força à boire du rhum, lui nettoya le visage et fit six points de suture. Il avait décidé que la cicatrice serait invisible. Ce qui demandait une main assurée qu'il n'avait pas. Cela prit du temps.

Elle ne pipa mot. Il était souvent forcé de s'arrêter car elle tremblait trop. Ou bien était-ce lui ?

Vers trois heures du matin il la mit dans son lit.

Dans un mélange de panique et de fatigue, il se dit qu'il faudrait contrôler que portes et fenêtres étaient bien fermées.

Puis il alluma le poêle dans la chambre et s'assit sur une chaise près du lit. La neige avait bouché la petite fenêtre qui donnait sur l'appentis, sans qu'il s'en fut aperçu.

L'hémorragie continuait, et juste après que le coq des voisins eut annoncé un jour nouveau, elle expulsa le fœtus. Et ses sanglots !

Et pendant qu'il travaillait, il pensait : Aide-moi, Seigneur ! Aide-moi ! Pour que Hanna n'abandonne pas la partie maintenant.

Et il ne pouvait même pas lui caresser la tête, il en avait plein les mains. Quelque part dans son cerveau il reconnaissait une blessure.

Il pensa alors que s'il pouvait arriver à parler, cela aiderait Hanna. Il essaya plusieurs fois sans succès. Et finalement arriva à prononcer quelques mots compréhensibles. Qu'il allait faire chauffer du lait et du miel. Juste comme Oline. Que les plaies allaient se cicatriser, à condition qu'elle reste tranquille. Que c'était bientôt le matin et qu'elle verrait tout d'un œil différent. Qu'elle était forte et belle. Terriblement forte ! Il le savait bien. Elle allait s'en sortir ! Il allait l'aider à trouver une solution. Une solution à tout.

Il remplit le poêle de bois et de charbon dans son cabinet. Ecouta un instant le ronflement. Puis alla au poêle de la chambre. Il brûlait bien. Néanmoins tout semblait glacé.

Il retourna vers le lit. Sentait-elle la chaleur ?

Il lui massa les mains et les pieds jusqu'à ce qu'elle cesse de grelotter. Souleva avec précaution ses jambes et son bassin pour lui mettre un drap propre.

Le lait qu'il avait mis à bouillir se sauva, il dut recommencer. Une odeur écœurante de lait brûlé et de sang se répandait. Il arriva à lui faire avaler un somnifère avec le lait, par un coin de sa bouche. La moitié se renversa.

Elle n'essayait pas de parler. Il se doutait bien que c'était pire que les signes extérieurs qu'on pouvait constater. En pensée il discutait avec lui-même des solutions possibles. Qui pouvait-il utiliser comme allié ? Il fallait une femme, c'était certain.

Stine ? Il le lui proposa, mais elle eut un geste de refus, des deux mains.

Quand elle s'assoupit, il surveilla la couleur de son visage, se demandant combien de sang elle avait pu perdre avant de venir chez lui.

Il essaya de nettoyer et de faire disparaître les traces, comme après toute consultation dramatique. La routine était une bonne chose quand on avait le corps moulu. Il se prodiguait des encouragements de temps en temps. Se répétant que ce sang versé par Hanna n'était pas pire que n'importe quel autre sang. Mais il ne se faisait aucune illusion. La nausée le prenait.

Il avait vu six enfants mort-nés au cours de ces années. Il avait fermé les yeux de quatre femmes qu'il n'avait pas pu sauver. Chaque fois, il y avait perdu un peu de lui-même. Les routines devenaient plus fortes que la peur de se tromper. S'obliger à suivre la routine était une manière de se racheter. Se racheter parce qu'il n'était pas arrivé à sauver la vie de Karna. Plus le docteur Grønelv suivait la routine, moins les fautes pesaient sur sa conscience. Y croyait-il vraiment ?

Il avait craint d'avoir à aider Anna dans le futur. Anna ! Maintenant il savait pourquoi il était soulagé qu'elle n'attende pas d'enfant.

Il resta assis près du lit enroulé dans une couverture et s'assoupit. Il avait glissé ses pieds nus sous la couverture qui la recouvrait et sous sa main, afin qu'elle puisse lui faire signe sans effort.

Dans son assoupissement il sentait la chaleur humide qui venait d'elle. Ses doigts qui se détendaient dans le sommeil. Pour se recroqueviller brusquement et lui enfoncer les ongles dans la peau, comme si elle le considérait comme un ennemi.

Et il voguait avec elle sur une mer calme autour des îles. Ses yeux brillaient en le regardant. Et quand il le lui avait dit, elle lui avait tendu ses deux yeux en souriant. Il trouvait que c'était vraiment trop, mais il les acceptait. Et à ce moment-là elle s'était évanouie dans la mer.

Sans qu'il puisse y faire quelque chose, Anna avait pris sa place. Sans yeux. Du pus sortait de deux trous noirs. Plus il les regardait, plus il en sortait.

Il avait pensé qu'il aurait pu lui donner les yeux de Hanna, mais qu'il fallait d'abord désinfecter. Et tandis qu'il était là avec un œil brillant dans chaque main, il avait compris qu'il lui était impossible de désinfecter les plaies d'Anna tant qu'il avait les mains pleines.

Elle avait saisi son pied. Et il s'assit dans un sursaut. Les bruits extérieurs lui firent comprendre que les gens avaient entamé une nouvelle journée.

Il l'apercevait à peine contre l'obscurité du mur. Le plus visible était le blanc de ses bandages.

– Comment te sens-tu ? murmura-t-il en lui prenant le poignet. Le pouls était faible. Elle avait un peu de fièvre, mais pas plus que la normale. Elle essayait de dire quelque chose, sans y parvenir. Les points de suture devaient la faire souffrir.

Janvier est noir comme de l'encre, pensa-t-il, en se levant pour remplir la lampe qui fumait. Olaisen va bientôt arriver en trombe pour remettre ça.

Il rentra sa fureur. La réservant pour plus tard. Elle était si violente qu'il n'osait pas lui laisser libre cours. Car alors il était sûr de perdre. Cet homme était dangereux. Et lui-même n'était qu'un pleutre, veule et vide.

Et au milieu de tout cela il se demanda si cela aurait pu lui arriver à lui. De battre quelqu'un à mort. S'il avait trop bu ? S'il avait appris qu'Anna... ?

Non ! Bien sûr que non. Mais lui, il savait se servir de mots. Les mots pouvaient tuer aussi, pensa-t-il.

Il l'entendit hoqueter, essayer de dire quelque chose, et il se précipita vers le lit.

– Il a tout vu ! arriva-t-elle à dire.

– Qui ?

– L'Isak...

– Isak était là ? entendit-il sa propre voix incrédule.

– Oui. Il a appris quelle sorte de mère il avait...

Il voulut tenter un geste affectueux, mais ne savait par quel bout la prendre. Il choisit de lui tenir les mains.

– Allons, allons, Hanna ! Je vais aller chercher le gamin ! Il n'a quand même pas pu lui faire du mal ?

– Non... dit-elle faiblement, comme si elle commençait une phrase.

Il attendit.

– Il l'a pas vu... l'a pas vu Isak... derrière lui. Avec la massue. Qui criait : Sauve-toi maman ! Sauve-toi !

– Tu as vu ce qui est arrivé ?

– Non, dit-elle dans un hoquet. Le Wilfred était sur le plancher et Isak frappait... et frappait.

– Pourquoi n'as-tu rien dit cette nuit ?

– Parce que je ne m'en suis pas souvenu avant maintenant, hurla-t-elle en voulant sortir du lit.

– Allons, allons, Hanna ! dit-il avec autorité en la repoussant dans le lit. Je vais aller chercher Dina.

Elle fit un geste. Qui ressemblait à un acquiescement. Sa main se recroquevilla dans la sienne.

Il appela à travers la fenêtre quand il vit l'apprenti-boulanger passer devant avec sa charrette. Il lui demanda de courir à l'hôtel chercher Dina. C'était urgent.

– Oui, le docteur a pas l'air bien ! dit le jeune garçon effaré, en se précipitant.

Il se dit qu'il aurait dû se regarder dans une glace avant de parler à quelqu'un. Il y avait de quoi rire, à sa vue. Mais il n'en eut pas le courage. Il n'était pas beau à voir. Les bleus n'étaient pas seulement autour des yeux, mais partout. Les plaies n'étaient pas trop graves.

Il appela un autre gamin qui passait et lui demanda d'aller chercher Isak chez les Olaisen.

En entendant prononcer le nom d'Isak, Hanna commença à faire des gestes de dénégation. Il ferma la fenêtre et s'approcha d'elle.

– C'est pour lui dire que tu es là en sûreté et qu'il faut qu'il aille à l'hôtel sans le dire à personne, et qu'il y reste jusqu'au retour de Dina. Tout va s'arranger.

Il se revoyait sur le coteau en train de contempler le Russe dans la bruyère rougie. Il sentait l'odeur acre de la poudre. Il la voyait baisser le canon du fusil. Qui fumait. Presque paisiblement. Comme un feu en train de s'éteindre. Son expression quand elle avait couru pour prendre la tête du Russe dans ses bras. Assise là, la tête rougie sur les genoux. Ses yeux. Certains avaient des yeux qui pouvaient tout supporter. Qui déposaient leur chagrin sur ceux qui par hasard étaient témoins.

Le gamin revint sans Isak, mais regardait fixement le docteur.

– L'Isak l'est parti à la pêche.

– T'as parlé à Olaisen ?

– Non, à la bonne. Lui, fallait pas le déranger.

– Bon ! Reviens un autre jour, je te donnerai une pièce.

– Le docteur a reçu une porte sur la tête ?

– Non. Je me suis battu avec un ours, dit-il en riant et

il lui fit un signe d'adieu avec deux doigts.

– Ben alors ! dit le gamin en partant.

– Tu peux me rendre un autre service ? demanda Benjamin.

– Ça dépend ?

– Prends un pain dans la charrette du boulanger et donne-le-moi.

– Non, j'veux pas voler !

– Je vais le payer quand il reviendra.

Le gosse le regarda avec hésitation, mais lui tendit un pain.

– Comment le docteur peut-il arriver à manger... dans cet état ?

– Mes dents sont intactes ! dit-il en fermant la fenêtre.

Elle arriva tout de suite après. Il se tenait prêt à lui ouvrir.

Elle le considéra sans sourciller.

– Et alors ? se contenta-t-elle de dire.

– Hanna est là ! Olaisen l'a battue comme plâtre. Elle a perdu l'enfant. Isak s'est enfui en mer parce qu'il a essayé de protéger sa mère avec une massue. Mais personne n'est mort.

Il se rendait compte qu'il s'en tenait, comme elle, à un ton bref et sans passion.

– Tu en as pris un coup toi aussi ! dit-elle en entrant dans la salle d'attente. Elle jeta un coup d'œil vers le cabinet. Enleva son manteau et sa veste qu'elle jeta sur une chaise.

Elle resta un instant debout dans la chambre avant de se diriger vers le lit.

– Sors ! Et ferme la porte ! dit-elle sans se retourner.

Cela faisait une éternité qu'il était debout devant la fenêtre à contempler les mouettes s'empiffrer des déchets rassemblés dans une caisse que quelqu'un avait déposée à cette intention sur le rivage. La porte s'ouvrit enfin et Dina dit :

– Va chercher Olaisen !

Il la regarda, complètement, paralysé.

– Tu es folle ?

– Non. Va, maintenant !

– Non.

– Pourquoi donc ?

Il leva les bras au ciel et grogna :

– J'veux plus entendre parler de ce type !

– On y est bien tous obligés, il me semble. Alors vaut mieux commencer tout de suite.

– De quoi avez-vous parlé ?

– Ça ne te regarde pas !

Pendant qu'ils se mesuraient du regard, il entendit Hanna pleurer. Cela ressemblait plutôt au petit gargouillement d'un tuyau bouché.

– Tu vois bien ce qui se passe ? dit Dina en refermant la porte.

– J'peux pas aller chercher cet individu, dit-il résolu.

– Il arrive parfois qu'on doive faire ce qui nous semble impossible.

– Et ça servirait à quoi ? Il est cinglé !

– Ce qu'un homme a fait dans le noir de la nuit, il faut qu'il y soit confronté en plein jour !

Elle avait posé ses mains sur ses hanches et soulignait chaque mot d'un mouvement de tête. Puis elle enchaîna à voix basse :

– Où est le fœtus ?

– Dina ! dit-il, horrifié.

– Où est-il ?

– Dans la caisse en zinc... dans la remise.

La nausée. Il ressentait le coup de pied d'Olaisen bien placé dans le bas-ventre comme une griffe en fer. Cela tapait. Dans toutes ses artères.

– Je n'irai pas le chercher, dit-il avec fermeté.

Elle n'attendit pas, mais enfila ses vêtements et fut dehors en un clin d'œil.

Une heure passa. Il avait eu largement le temps de se sentir couard. Il entendit le ferblantier fermer son atelier pour aller déjeuner, et l'apprenti-boulanger repasser avec une voiture vide. Il fit encore chauffer du lait et arriva à le faire boire à Hanna. Mais il n'essaya pas de lui extirper ce qu'elles s'étaient dit.

Elle gardait les yeux fermés la plupart du temps. Il constata que la fièvre tombait et qu'elle avait repris des couleurs.

Un vague sentiment de culpabilité le reprit. Et Dina ? Qu'avait-elle compris ? Qu'avait dit Hanna ? Mais il ne demanda rien.

Il se contenta de lui donner à manger quelques morceaux du pain odorant. Sa respiration était haletante. Il se demanda si elle avait quelque chose à la poitrine. Lui avait-il donné un coup à la poitrine ? Il alla vers elle et le lui demanda, avant de la faire souffrir en l'examinant. Mais elle fit non de la tête et donna un signe de vouloir se moucher. Il se pencha sur elle et l'aida.

– Hanna, dit-il, te souviens-tu pourquoi il a recommencé à te battre ?

– Oui ! prononça-t-elle fermement de sa pauvre bouche.

– C'était quoi ?

– Qu'il pouvait bien me battre à mort, parce que c'était à toi que je tenais...

Et ils étaient là. Dina l'avait fait entrer dans la chambre. Elle avait tiré les rideaux pour que la lumière grise de janvier éclaire la silhouette sur le lit.

Olaisen était resté là où elle l'avait laissé. Au milieu de la pièce. Les bras ballants et la bouche serrée. Son visage était gris, mais rasé de frais.

– Et l'Isak ? demanda-t-on du lit.

– L'Isak est en mer, répondit l'homme d'une voix rauque.

– Il est intact ?

– Oui, pourquoi ne le serait-il pas ? Hanna, je... essaya-t-il, sans arriver à poursuivre. Regardant de l'un à l'autre, impuissant.

– Eh bien ? dit Dina d'un ton interrogatif.

Elle n'attendit pas la réponse, regardant autour d'elle d'un air de chercher quelque chose. Puis elle attrapa la nappe qui recouvrait la table, tourna les talons et sortit. Elle fut de retour en un clin d'œil, la nappe toujours entre les mains.

– Viens par ici, Olaisen, dit-elle presque avec amabilité. Il saisit l'occasion pour quitter la pièce. Une fois dans le cabinet, elle referma la porte et resta devant lui, le visage luisant. Puis elle leva la nappe vers lui et l'ouvrit.

Un drôle de bruit se fit entendre. Comme un étouffement. Wilfred Olaisen fixa le contenu de la nappe un instant, puis ses solides jambes fléchirent et il s'écroula sur le plancher avec un bruit sourd.

– Voilà qui est fait, fit Dina, le laissant couché là où il était.

Le docteur Grønelv avait entendu le bruit, mais n'avait pas bougé. Il était resté près du lit et donnait de l'eau à Hanna à l'aide d'une cuillère. Quelque part dans la tête une idée lui trottait : Ce n'est quand même pas elle qui peut l'envoyer au plancher ?

– Benjamin, faut l'aider... murmura Hanna.

Il se dirigea vers l'homme, luttant contre la nausée qui le reprenait en se trouvant près de lui. Il déboutonna son col et contrôla son pouls et son cœur.

– Il s'est seulement évanoui, dit-il en direction du lit, ouvrant la chemise plus largement. Il vit alors les marques laissées par l'attendrisseur de boucher, comme des brûlures sur la nuque et à la racine des cheveux. Il l'avait oublié.

Il les tâta des doigts. Enflées à deux endroits. Pas de blessure ouverte. Donc l'attendrisseur chez les Olaisen était en bois, fut sa conclusion.

Dina entra, jeta un coup d'œil sur Olaisen, et dit sur un ton léger :

– Je te dois une nouvelle nappe, Benjamin !

Puis elle s'approcha du lit de Hanna et dit :

– J'ai envie d'un café, et toi ?

Comme dans le brouillard, Benjamin l'entendit remuer les cercles du poêle pour mettre l'eau à chauffer. Puis elle ouvrit la fenêtre pour laisser entrer de l'air frais. Le corps légèrement en arrière reposant sur les jambes écartées, les mains sur les hanches.

– Mon Dieu, comme ça sent bon la mer, au milieu de tout ça ! soupira-t-elle. Puis elle se retourna et alla vers l'homme étendu sur le plancher.

Benjamin s'était levé et avait rejoint son bureau. De là il pouvait les surveiller tout en ayant le sentiment d'être ailleurs. Il se dit que la réalité dépassait souvent toute imagination.

Elle se pencha et regarda l'homme. Sans colère ni mépris, comme on aurait pu s'y attendre. Plutôt avec un certain intérêt.

– Faut qu'on trouve une femme qui peut tout prendre en mains chez les Olaisen, c'est pas suffisant avec la petite servante. Les enfants ont besoin de quelqu'un pendant la maladie de l'Hanna, dit Dina vers Olaisen, comme si elle parlait à un sourd.

L'homme était revenu à lui et essayait de retrouver un

semblant de dignité.

– Pas vrai, Wilfred ?

– Aidez-le ! dit Hanna avec une force inattendue.

Comme un somnambule, Benjamin alla chercher un oreiller et le lui mit sous la tête.

Olaisen était maintenant sur ses pieds. Il entra dans la chambre et s'assit sur une chaise près de la table. Au bout d'un certain temps il se mit même à boire du café. Benjamin se trouva une occupation pour l'éviter.

Mais il se sentit obligé d'y retourner. Quelque chose l'attirait. Hanna ? La curiosité d'assister au prochain coup de Dina ?

L'homme la suivait des yeux comme un toutou. Comme si une fois pour toutes il avait décidé de mettre en pratique sa propre définition : en affaires, il ne sert à rien d'être vexé.

– La jalousie est une triste chose. Cela fait pression sur le cerveau et engendre le pire, disait-elle en leur versant le café à tous les quatre.

Benjamin avait abandonné toute idée de suivre le reste de son discours, ou de lui expliquer qu'il était impossible pour Hanna de se servir d'une tasse. Mais il vit Olaisen opiner du bonnet plusieurs fois. Finalement l'homme se leva et alla vers le lit. Il tomba alors sur les genoux et posa sa tête sur la poitrine de Hanna.

Benjamin pensait. Maintenant je le tue ! Avec quoi ? C'est alors qu'il sentit la main de Dina sur son bras. Une seconde après ils étaient dans son bureau et la porte s'était refermée sur les deux autres dans la chambre.

Elle avait emporté sa tasse de café avec elle. Debout, elle sirotait le café versé préalablement dans la soucoupe, la bouche en forme d'entonnoir. Mais ses yeux le surveillaient.

– On ne peut pas la laisser seule avec ce type ! aboya-t-il, voulant y retourner.

Elle reposa sa soucoupe et lui barra la route.

– J'crois bien que dans cette histoire t'as fait tout ce que tu devais faire, et même ce que tu n'devais pas faire.

– Tu ne comprends pas qu'il est dangereux ?

– J'ai dit clairement à ce grand entrepreneur que si seulement il la touche une fois de plus, je retire mes capitaux et je le mets en faillite.

– Et tu crois que ça lui fait de l'effet ?

– On verra bien.

– Et Hanna ? On va le laisser la tuer, en attendant ?

– Hanna doit aussi réfléchir aux avantages et aux inconvénients. Elle en a déjà tiré pas mal d'inconvénients. Aucun de vous n'est totalement innocent, pas vrai ?

Il lui lança un regard torve, cherchant quelque chose d'impertinent à dire. Mais il ne trouva rien. Ce n'était pas le moment choisi pour entamer une discussion avec elle. Pas avec Olaisen de l'autre côté de la cloison.

L'homme sortit de la chambre avec une expression transfigurée. Il était impossible de croire qu'il avait roué de coups Hanna la nuit d'avant. Ses yeux tristes et honnêtes étaient fixés sur eux sans sourciller. Ses cheveux clairs tombaient en vagues sur un haut front bombé. Son nez était droit et fort. Sa bouche sensuelle et triste se dessinait sous une moustache bien taillée.

Il alla vers Dina et la prit dans ses bras. La remercia. Quand il tendit la main à Benjamin pour le remercier aussi, celui-ci recula vers la porte.

Mais l'homme le suivit. Suppliant. Il était quand même possible de réparer, autrement sa vie entière serait ruinée. Il voulait le remercier parce que Benjamin avait aidé Hanna. Remercier à genoux. Il n'avait jamais eu l'intention de... Il ne savait plus. Comment il avait pu... Mais si le docteur Grønelv avait jamais ressenti le désespoir, il pouvait bien tendre la main...

Dina se tenait au milieu de la pièce. Elle surveillait ses réactions. Et Hanna dans le lit ? Que pensait-elle ? Qu'est-ce qui était le mieux pour Hanna ? Et pour lui-même... Anna ? Le visage d'Anna passa devant lui avec une expression qu'il ne pouvait déchiffrer. Mais il se souvint alors qu'il devait lui faire parvenir un message pour expliquer pourquoi il n'était pas rentré à la maison la veille au soir. Et dans cette situation absurde, prenant la main tendue, il pensa : Anna s'inquiète pour moi.

Et avec Anna revint la pensée logique qui lui fit dire :

– Olaisen, il faudra parler de ce que je vais mettre dans mon rapport au commissaire et à la commission de la santé.

Les yeux d'Olaisen débordaient. Il s'assit sur le fauteuil réservé aux patients et regarda dans le vide.

– Je croyais que ce n'était pas nécessaire.

– Cette nuit j'ai assisté une femme qui avortait. Si je ne le rapporte pas, c'est moi qui suis coupable selon la loi.

– Qu'est-ce que tu vas écrire ?

– Que Hanna Olaisen avait subi des sévices, il faut décrire les blessures en détail, à quel endroit du corps, dans quelles proportions et les soins prodigués. Je dois aussi décrire le fœtus et l'accouchement prématuré. Et en conclure qu'il était le résultat direct des sévices subis, ou provoqué par le choc. Et je dois demander au médecin du district d'autopsier le fœtus pour savoir s'il avait subi des dommages dans le sein de sa mère.

– Tu peux pas le faire toi-même ? supplia l'homme.

Il n'en crut pas ses oreilles.

– Non, répondit-il simplement.

– Pourquoi pas ? Parce que c'était ton gosse ?

Benjamin serra les poings.

Dina glissa sans bruit entre eux comme une grande ombre.

– J'y assisterai. Dans l'intérêt de Hanna. Si cela peut te persuader que je n'en suis pas le père, se força-t-il à dire.

Wilfred Olaisen pleurait silencieusement.

– Tu vas aussi écrire qui est le responsable ?

Il ignorait comment pareille chose était possible, mais il ressentit une sorte de pitié pour cet homme. Une pitié dont il ne se serait pas cru capable quelques minutes auparavant.

– Non, cela ne fait heureusement pas partie de mes fonctions. Mais le commissaire va le demander à Hanna. C'est son affaire à elle si elle veut porter plainte...

Dina se trouvait toujours entre eux. Elle toucha l'épaule d'Olaisen.

– Alors, ce sera comme convenu ? dit-elle.

Il leva les yeux, désorienté et soulagé. Il articula un long oui d'acquiescement.

Benjamin était écœuré. Comment pouvait-elle ?

– Et qu'est-ce qu'on a convenu ? fit-elle.

– Hanna va rester chez toi jusqu'à sa guérison...

– Et ?

– Et je ne la battrai plus ! cria-t-il et cachant son visage dans ses mains.

Benjamin tourna les talons et alla dans la salle d'attente. Il s'assit sur l'une des trois chaises qui la meublaient. Et se souvint qu'il y avait encore des traces de sang sur le plancher.

Une fois Olaisen parti chercher un traîneau attelé pour transporter Hanna, Isak quitta la remise. Il fut impossible d'en sortir autre chose qu'il voulait voir Hanna et ensuite aller avec Benjamin à Reinsnes.

Mais après être resté assis un instant auprès de Hanna, il sortit et déclara :

– Je le tuerai, quand je serai assez grand.

– Je crois que tu devrais réfléchir un peu avant de le faire, dit Dina.

– C'est pas ça qu'il mérite ? sanglota l'enfant.

– Bien sûr que si ! Mais toi t'es bien trop bon pour une si sale besogne. Le mieux c'est que tu ailles faire un tour à Reinsnes aider à abattre les moutons. Tu sais bien que Stine et Tomas partent bientôt en Amérique et qu'il leur faut se débarrasser d'une partie du troupeau. Ils n'ont pas assez de fourrage pour passer l'hiver.

– J'aurais bien voulu partir aussi en Amérique !

– C'est vrai ? demanda-t-elle.

– Oui ! J'peux pas rester avec ce monstre ! Mais faut aussi que je m'occupe de maman.

– Ça, on peut s'en occuper nous autres. Maintenant qu'on sait ce qui peut arriver.

Il resta assis un moment, s'essuyant le nez avec ses doigts.

– C'est que sans l'argent d'Olaisen, j'ai pas les moyens.

– Tu as de la famille à Reinsnes, répliqua Benjamin.

– Mais ils ont pas beaucoup d'argent, c'est pour ça qu'on habite chez Olaisen, tu comprends. C'est pas pour autre chose ! dit-il tout bas en jetant un coup d'œil sur la porte de la chambre.

Dina l'envoya faire une commission à l'hôtel. Il fallait allumer le poêle dans la plus grande chambre au premier, pour que sa mère n'ait pas froid. Et puis on devait lui donner à manger à la cuisine et lui trouver un lit quelque part.

– Maintenant ? En plein jour ?

– Les gamins qui ne dorment pas la nuit, faut qu'ils

dorment dans la journée ! dit-elle avec autorité. Se souviendra-t-il de tout ?

Il fit signe que oui et disparut.

Benjamin avait aidé à la mettre sur la civière et Hanna se trouvait empaquetée sur le traîneau. Aucune de ses blessures au visage n'apparaissait. Il se pencha sur elle et dit très haut :

– J'vais demander au vieux docteur de passer te voir. Et je viendrai moi-même dans un ou deux jours.

Et s'adressant à Olaisen :

– L'Isak part avec moi à Reinsnes. Demande à la servante de faire descendre des vêtements pour quelques jours.

Olaisen salua avec amabilité le cocher et les gens à la ronde. Il voulait faire bonne impression. C'était certain. Puis il se pencha sur Hanna.

– Tu préfères plutôt rentrer à la maison, pas vrai Hanna ?

Elle était allongée les yeux fermés. Avec seulement un frémissement des cils.

– Pas vrai, chère Hanna, que tu veux rentrer à la maison maintenant ?

– Olaisen ! fit Dina, menaçante.

C'est alors que Hanna fit un signe affirmatif du fond de ses couvertures. Elle réitéra ce signe. Et le visage ravagé d'Olaisen se transforma. L'expression soucieuse, tragique, disparut. Il rayonnait !

– Elle veut rentrer à la maison ! dit-il en les regardant

tous les uns après les autres. Finalement, il prit le cocher par le bras et lui dit avec amabilité :

– Conduis-la avec précaution jusqu'à la maison !

Olaisen tendit la main à nouveau. Mais Benjamin fit semblant de ne pas la voir. Le cocher n'arrivait pas à comprendre de quelle maladie souffrait madame Olaisen, puisqu'on ne savait pas si elle allait rentrer chez elle ou non. Et ces questions qu'il n'osait pas poser le rendaient inquiet, et cette inquiétude se transmit au cheval. La civière se déplaça.

Benjamin vit Hanna fermer les yeux de douleur.

– Mais retiens donc ton cheval, nom de Dieu ! cria-t-il au cocher qui sursauta et prit les rennes en main.

Un sentiment d'impuissance le força à s'approcher du traîneau à nouveau. Ils échangèrent un regard. Son regard à elle était vide. Comme s'il ne faisait qu'un avec le ciel blanc de l'hiver. Il ne pouvait quand même pas la laisser repartir là-bas ! Pas maintenant ! Quoi qu'elle ait pu exprimer. Il se pencha sur elle et dit à haute voix :

– Dina t'emmène quand même à l'hôtel pour quelques jours. Tu as besoin de repos absolu. Quand le docteur l'a décidé, il n'y a pas à discuter !

Le visage d'Olaisen se fendit et il fut sur le point de dire quelque chose, mais se tut.

Dina ne dit rien. Elle eut un petit sourire en coin en regardant Benjamin.

Olaisen suivait, et aida à la porter. Cela ne posa aucun problème. Il se mit tout seul à la tête de la civière, tandis que le docteur et le cocher suivaient le cheval.

Quand Hanna fut enfin placée dans une des chambres au premier, Dina les remercia et les fit sortir.

Au moment où Benjamin allait suivre les autres, elle lui dit qu'elle avait quelque chose à envoyer à Reinsnes, et lui demanda d'aller l'attendre dans son appartement privé.

## Chapitre 10

– On n'a pas beaucoup parlé, nous deux, depuis la mort d'Anders, commença Dina.

– En effet, dit Benjamin, avec la sensation subite qu'il ne supporterait plus rien de personne. Il s'assit lourdement sur le canapé. Il n'avait qu'une seule envie : dormir un peu. Pas beaucoup. Juste assez pour être en état de rentrer à la maison.

– Le jour de la mort d'Anders, tu m'as fait une belle semonce, Benjamin. Tu ne m'as rien épargné.

– Tu trouves que c'est le bon jour pour me le rappeler ? murmura-t-il.

– Faut profiter de l'occasion quand on est en tête à tête. La prochaine fois peut se faire attendre.

Il ferma les yeux et se renversa en arrière.

– Faut pas que la mort d'Anders te culpabilise, entendit-il.

Il ne trouva aucune réponse sensée, il ne dit donc rien.

– Je crois qu'il vaut mieux que tu concentres ton attention sur les vivants. Et quant à la semonce dont tu m'as gratifiée, eh bien, tu avais raison ! Tout à fait raison. Il faut bien que je voie la vérité en face. Donc, ne t'en inquiète pas. Si tant est que cela t'inquiète ?

– Je te remercie ! Mais Anders, lui, il ne l'a pas supporté !

– Toi qui es médecin tu devrais savoir que si ça n'avait pas été à ce moment-là, Anders serait tombé à un autre moment.

– N'empêche que c'était ma faute ! Est-ce que je peux m'allonger un peu ? Je crois que j'ai besoin de dormir un tout petit peu...

Il se mit à enlever ses bottes.

– Puisqu'on est entre nous, je pense qu'il est curieux que ce soit au Tomas que tu ressembles le moins, alors que tu as hérité des mauvaises habitudes du Jacob sans même l'avoir jamais rencontré.

Il avait quitté ses bottes et s'allongeait de tout son long sur le canapé. Où voulait-elle en venir maintenant ?

– Le Tomas est fidèle, vois-tu, tandis qu'au Jacob une seule ne suffisait pas.

Il sauta sur ses pieds. Prêt à lui faire remarquer ironiquement que, sur ce point, il pouvait aussi bien avoir hérité de sa mère.

L'image d'Anna lui apparut, avec l'expression irritée qu'elle avait souvent quand elle ne daignait pas répondre à ses remarques.

Aussi ravala-t-il ses mots et resta-t-il assis.

– Il y a Anna à la maison qui croit que tout est pour le mieux dans le meilleur des mondes. Et ici, il y a Hanna à moitié assommée à cause de toi. Ce n'est pas ce qui contribue à la bonne renommée d'un homme. Si jamais tu as vécu dans cette illusion, mieux vaut t'en détromper.

Il se décida alors à dormir.

Mais Dina s'installa confortablement sur son fauteuil à côté de lui et continua imperturbablement.

– J'avais dix-huit ans et le Jacob était plus âgé que mon propre père. Et malgré ça, je ne lui suffisais pas. Bizarre. La vie est remplie par les morts... Ivre, il est tombé et s'est cassé la jambe. Je suis venue le chercher dans la chambre d'une veuve qui habitait juste là où tu as ton cabinet. Le Jacob et la Hanna dans la même chambre. Eh oui !

Elle fit alors ce à quoi il s'attendait le moins, se leva, étira ses bras au-dessus de sa tête et se mit à bâiller.

– Tu ne te rendras pas la vie facile si tu continues cette double vie. Je ne pense pas que tu sois fait pour ça. Olaisen, lui, il s'en sortira toujours.

– Arrête ! dit-il, épuisé, en se recouchant.

Elle aurait dû quand même comprendre qu'elle devait s'en aller maintenant.

– Pourquoi n'as-tu pas choisi Hanna, puisque tu ne peux pas t'en passer ?

– Que crois-tu savoir ?

– Suffisamment ! Je ne veux rien croire ni savoir, je te parle.

– L'enfant n'était pas de moi !

– Ça, je l'ai bien compris, dit-elle sèchement.

– Tu n'as aucun droit !

– En effet, mais je le prends quand même.

– Pourquoi t'as choisi Anders, puisque tu pouvais t'en passer ? lança-t-il, s'obligeant à rester couché les yeux fermés.

Elle ne répondit pas, continuant comme si elle n'avait rien entendu.

– Pars à Copenhague ! Ou ailleurs. Emmène Anna !

– J'ai demandé le poste de médecin du district.

– Alors vous allez déménager à Strandstedet ?

– Non, je ferai la navette.

– Anna, elle est déjà assez seule comme ça.

– Elle te l'a dit ? demanda-t-il avec colère.

– Elle n'a pas besoin de dire ce qu'un mari aurait dû comprendre de lui-même. Et il y a autre chose.

– Ah bon.

– Ici à Strandstedet, il y a Hanna !

Il ne répondit pas.

– Benjamin !

– Oui.

– Il y a certaines choses qu'on ne peut jamais rattraper, dit-elle tout bas, quelque part dans la pièce.

Il comprit qu'elle parlait d'elle-même. Cela rendait malgré tout l'atmosphère plus respirable.

– Je sais, dit-il.

– Alors il faut penser à l'avenir, Benjamin !

– Comment peut-on savoir si ce que l'on fait est juste, Dina ?

– Juste ?

– En amour ? murmura-t-il.

Elle resta silencieuse. Elle évitait donc la question.

– Certains ne le savent pas avant qu'il ne soit trop tard. J'avais espéré que tu ne faisais pas partie de ceux-là.

– Je préfère ne pas en parler, dit-il.

Elle n'ajouta rien, mais il sentait qu'elle était là.

Juste avant de s'endormir, il s'entendit dire :

– La Karna a besoin d'un endroit sûr pour y vivre, je ne peux pas la traîner derrière moi n'importe où, là où on va s'étonner de ses crises.

– C'est souvent dans l'adversité que l'on trouve sa voie.

– Trouve sa voie ?

Il ouvrit les yeux. Elle était dans l'ombre entre les deux fenêtres. La pièce s'était tellement obscurcie. Il lui fallait rentrer avant la nuit !

– La Karna a des talents dont elle ne se servira pas si elle se marie au fond d'un fjord où les gens auront pitié d'elle et n'oseront pas lui parler parce qu'elle tombe de temps à autre. Tu ne seras pas toujours là pour la protéger, Benjamin !

Il l'entendit ouvrir une porte et la refermer. Il la croyait partie. Mais elle revenait de sa chambre et le recouvrit d'une couverture. L'instant d'après il sentit sa main sur son front et ses cheveux.

– On ne peut pas dire que tu sois bien beau. Je crois que tu aurais eu besoin d'un médecin toi-même, entendit-il.

La main était fraîche et la voix presque chaleureuse.

– Surveille Hanna à ma place, mais ne l'ennuie pas avec des tas de discours ! C'est le docteur qui parle.

A travers ses cils il aperçut son sourire.

Elle sait tout, pensa-t-il quand il essaya de rencontrer son regard. Anna se tenait à la porte d'entrée pour le recevoir. De son visage émanait un calme étonnant. Comme si ses traits étaient retenus par la volonté plutôt que par la peau.

Mais elle se laissa embrasser comme d'habitude, même avant qu'il ait quitté sa pelisse.

– Tu es dans un bel état, Benjamin ! s'écria-t-elle en lui prenant le visage entre ses mains.

Elle le lâcha ensuite et resta debout les bras croisés sur la poitrine.

Karna arriva en trombe et exigea des caresses. Elle sentait les cheveux fraîchement lavés et rincés dans une décoction de genévrier. Il la renifla et dit qu'elle sentait le dimanche.

– Mais tu es lourde comme du plomb. Il me faudra bientôt une grue pour te soulever ! plaisanta-t-il, essayant un clin d'œil vers Anna.

Mais celle-ci le fixait. Elle savait donc tout ?

– Papa ! Qu'est-ce que tu t'es fait à la figure ? interrompit Karna.

– C'est pas grave. C'était un homme en colère qui ne voulait pas que j'aide sa femme.

– Il t'a frappé ?

– Oui, mais ça passera.

– Le commissaire va l'arrêter ?

– Oui, si je porte plainte.

– Tu ne le fais pas ?

– Je verrai, dit-il avec légèreté.

– On t'a attendu deux jours ! Tu as des bretzels avec toi ?

– J'ai oublié. J'ai eu tellement de travail, tu comprends.

La neige virevoltait dans la porte ouverte. Karna frissonna et rentra en courant au salon.

Il y avait de la glace sur le seuil de la porte. Ce qui empêchait la porte de se refermer convenablement. Il sortit son canif, se pencha et se mit à gratter.

– Anna, j'aurais dû te faire prévenir que je ne rentrais pas ce soir-là, mais il y a eu tellement de choses...

– Qui t'a fait ça ? demanda-t-elle.

Il réfléchit en un éclair. Elle savait tout de toute façon.

– Olaisen, dit-il brièvement.

Puis il se releva et ferma la porte. Enleva sa pelisse et l'accrocha. Quand il se retourna, elle alla vers lui et reprit son visage entre ses mains tout en l'étudiant.

– Pour quelle raison ? demanda-t-elle, agressive.

A quoi pensait-elle ? Voulait-elle le pincer devant les servantes à la cuisine ?

– Je monte, dit-il à voix basse.

Puis il passa la tête à travers la porte entrouverte de la cuisine et cria qu'il fallait lui monter l'habituel en haut dans la salle. Il mangerait n'importe quoi, mais pas de la bouillie. Et de l'eau pour sa toilette ! Deux brocs.

– Il faut que je le sache, Benjamin !

– Bien entendu. Seulement laisse-moi... Je suis terriblement fatigué.

Elle resta là pendant qu'il retirait ses bottes et qu'il commençait à monter.

– Il faut que je te montre une lettre. Le valet est allé chercher le courrier en ton absence.

Exactement ! Olaisen a écrit une lettre à Anna ! pensa-t-il.

– Je peux la lire plus tard ?

– C'est important !

– Bien, bien, dit-il d'une voix blanche en montant l'escalier.

Il avait besoin d'être repeint. Et, en plus, l'avant-dernière marche était terriblement branlante.

Elle ne monta pas avant qu'il ait fini sa toilette et son repas. Ce fut Bergljot qui frappa à la porte avec le verre de grog.

Il était assis en robe de chambre et en avait bu la moitié quand elle arriva la lettre à la main.

Il fit semblant de ne pas la remarquer.

Elle s'assit sur ses genoux. Pourquoi faisait-elle cela ? Pour ressentir la réaction de son corps ? Au moment où il serait découvert ?

A nouveau, elle prit son visage et le regarda avec attention.

– Pourquoi a-t-il frappé ?

– Ce n'est pas dans la lettre ?

Elle se raidit. Ses bras autour de son cou lâchèrent prise.

– Dans la lettre ? dit-elle d'une drôle de petite voix.

– Oui. Olaisen ne t'explique pas tout ?

Elle le regarda un instant.

– La lettre est du doyen...

Elle s'arrêta et aspira un grand coup, puis continua d'une voix encore plus petite.

– Qu'est-ce qu'Olaisen aurait dû expliquer ?

Il se pencha en avant vers la table pour attraper son verre. Il en vida le contenu et se renversa en arrière.

– Il accuse Hanna... Il l'a battue presque à mort. Elle est venue à mon cabinet... et a perdu l'enfant cette nuit.

– Mon Dieu ! Où est-elle maintenant ?

– Chez Dina.

– Il t'a frappé parce qu'elle est venue te demander de l'aide ?

Il réfléchit rapidement et ne répondit rien.

Elle était assise sur ses genoux, mais en quelque sorte dans la solitude la plus complète. Il ne pouvait pas la laisser seule, ainsi. Hésitant, il l'entoura de son bras, mais elle n'y prêta pas attention.

– Isak ? Et le petit ?

– Isak, je l'ai amené à Stine. Le petit, je n'en sais rien... Ils ont une bonne.

– Tu aurais dû l'emmener !

– Non, je ne pouvais pas.

– Et lui ? demanda-t-elle. Chez le commissaire ?

– Non, chez lui.

– Tu dois porter plainte !

– C'est à Hanna de décider.

– Mais Benjamin ! C'est toi qui dois le faire ! Elle ne peut pas revenir vivre avec cet homme !

A quoi s'était-il attendu ? A un interrogatoire qui lui aurait arraché qu'Olaisen pensait qu'il était le père du nouvel enfant ? Probablement. Et au lieu de cela elle lui reprochait de n'avoir pas porté plainte.

– Dina a fait un accord avec lui.

– Un accord ? Vous croyez vraiment, Dina et toi, qu'on peut se mettre d'accord avec un homme capable de faire avorter sa femme à coups de pied ? Vous êtes fous ? Complètement fous !

Elle regardait fébrilement autour d'elle, son regard s'arrêta à la porte et elle alla d'un pas ferme dans l'entrée où elle essaya de trouver les bottes qui s'y trouvaient. Pour une raison ou une autre elle ne trouva que le pied gauche.

Benjamin la suivit et essaya de la calmer en répétant son nom.

– Il faut aller voir le commissaire, disait-elle en essayant de lacer sa botte gauche.

– Je n'ai pas encore écrit mon rapport médical. Et il faut me mettre d'accord avec le médecin du district sur l'autopsie... dit-il tout bas, voulant la faire revenir dans la salle.

– L'autopsie ? Seigneur Jésus ! Personne ne devrait pouvoir violenter qui que ce soit sans...

Elle claudiquait, un pied botté et l'autre sans chaussure. Elle s'assit et regarda droit devant elle sans parler.

C'est alors qu'il se décida.

– Anna, il y a autre chose...

Il ferma la porte et s'approcha d'elle. Restant d'abord debout, il finit par tirer une chaise vers la sienne et s'y assit.

– Il croyait qu'un autre était le père de l'enfant, dit-il à voix basse.

Elle se retourna lentement vers lui. Considéra les bleus et les blessures de son visage. Le mesura du regard, la bouche légèrement entrouverte. Puis elle cilla plusieurs fois et leva la main comme pour enlever une poussière dans son œil.

Il pouvait constater que, comme d'habitude, elle avait le médius droit taché d'encre. Tout au bord de l'ongle.

– Toi ? dit-elle clairement.

– Oui.

Elle attrapa le col de sa robe et se retourna. Ses doigts étaient crispés sur les minuscules frivolités de la bordure.

– A-t-il raison ? demanda-t-elle au bout d'un moment. Toujours sans le regarder. Sa voix exprimait une sorte de confiance.

– Non, dit-il avec fermeté en la retournant vers lui.

– Qu'est-ce qui a pu lui faire penser cela ?

– Un malentendu, des commérages, que sais-je ?

Elle se libéra de ses mains et alla à la fenêtre.

Il la suivit.

– Anna... murmura-t-il en essayant de la toucher.

Elle se retourna alors brusquement, les yeux lançant des éclairs.

– Je suis bien obligée de te croire, quand tu le dis. Autrement, je ne pourrais pas vivre.

Sa respiration était saccadée quand elle ajouta :

– Mais si cela avait été vrai, cela ne lui donnait pas pour autant le droit de frapper Hanna jusqu'à ce que l'enfant... Personne n'a un tel droit sur le corps d'un autre !

Pendant le silence qui suivit, il regarda ses mains. Elles s'agrippaient l'une à l'autre. Puis elle recommença à respirer. Par bouffées lentes et contrôlées. Au rythme du vent qui poussait la neige le long des fenêtres. Un rythme calme et vital. Rejetant quelque chose et se repliant sur lui-même tranquillement. Sans discontinuer.

C'était drôle que l'Isak soit venu avec papa pour aller habiter chez Stine et Tomas. Elle n'en avait pas entendu parler auparavant.

Alors qu'ils avaient dévalé le chemin vers la boutique sur leur luge et se retrouvaient renversés dans une congère, elle lui avait demandé combien de temps il allait rester.

– Jusqu'à ce que je parte pour l'Amérique ! avait-il dit comme un grand, en remettant la moufle perdue.

– Tu vas pas partir en Amérique, quand même ? avait-elle affirmé.

– Faut bien, puisque l'Olaisen est un tel idiot.

– Comment ça, idiot ?

Il s'était tortillé et allongé de tout son long dans la neige.

– Il frappe maman, avait-il dit avec moins d'assurance.

– Pourquoi il fait ça ?

– J'peux pas l'dire, t'es qu'une sale petite môme.

Elle avait alors vu qu'Isak était au bord des larmes.

– T'oses pas le dire, avait-elle dit.

Cela avait eu l'effet attendu.

– Il dit que l'docteur est le père du bébé. Celui qu'elle attendait...

– Quel docteur ?

– Ton père !

Elle savait bien que c'était impossible. Mais cela lui faisait le même effet que quelqu'un qui serait entré si elle avait oublié de fermer à clé la porte des cabinets.

– C'est mon papa à moi, c'est pas possible, s'était-elle dépêchée de dire.

Isak avait plissé le front et tassait une boule de neige. Il avait enlevé ses deux moufles pour la réchauffer. La faire fondre un peu. Elle se durcissait. Mais cela prenait du temps.

– C'est bien ce que je pensais ! T'es seulement une sale petite môme. Tu sais pas comment on fait les enfants.

Il avait un drôle d'air. Elle n'arrivait pas à dire qu'elle le savait bien, mais qu'elle ne voulait pas en parler. Parce qu'il avait l'air si triste. Comme si le pire pour lui, c'était qu'elle n'était qu'une sale petite môme.

– Et quand il arrive cet enfant ? avait-elle demandé pour l'égayer un peu.

– Il est venu trop tôt pour survivre. Mais ton père a recousu maman. A la tête aussi.

– Comment tu le sais ?

– J'étais là. J'ai essayé de tuer Olaisen. Mais j'y suis pas arrivé... avait-il dit en jetant sa boule de neige sur le mur de la boutique, ce qui avait fait beaucoup de bruit.

Durant les après-midi, la salle à manger restait vide. Sara ne venait plus faire la lecture à Anders. Et grand-mère était à Strandstedet. Il ne restait plus qu'Anna et elle-même. Aujourd'hui il y avait aussi papa. Le pire des silences est celui rempli de papier qu'on froisse.

Papa venait juste de déployer son journal et ce n'était pas vraiment le moment de lui parler.

Anna s'était assise devant le piano. La sonate de Mozart était depuis deux jours sur le pupitre. C'était une de celles que Karna pouvait lire, mais pas jouer.

Et voilà qu'il recommençait à froisser du papier !

– Comment ça se fait qu'Olaisen frappe Hanna parce que tu es le papa de son gosse à Hanna ?

Elle avait tout de suite compris. Ils le savaient ! Anna aussi. Elle ne s'était pas mise à jouer. Au lieu de ça elle avait posé ses mains sur ses genoux. Comme si elle s'essuyait à sa jupe.

– Qui dit des bêtises pareilles ? a-t-on dit, derrière le journal.

– L'Isak.

Papa a replié trop consciencieusement le journal. Comme s'il voulait en prendre soin. Il ne faisait jamais ça. C'était Anna qui faisait ça.

– L'Isak, il va partir en Amérique avec la Stine et le Tomas. Il dit qu'il peut pas rester avec quelqu'un comme Olaisen.

Anna a refermé l'abattant sur les touches presque sans bruit. Ensuite elle a posé sagement ses mains sur ses genoux.

– J'lui ai dit que c'était pas possible, a-t-elle lancé, pour attirer leur attention.

Papa s'est alors levé brusquement et a posé le journal sur la table.

– C'est bien d'avoir dit ça, a fait papa d'une drôle de voix.

Mais elle n'était pas sûre de ce qu'il avait voulu dire. Si c'était bien, ce qu'elle avait dit à Isak, ou si c'était bien qu'elle le leur ai raconté.

Au moment même où elle se préparait à le demander, papa avait dit :

– Où est Isak en ce moment ?

Il était bien trop grave. Elle avait ressenti un besoin pressant d'aller aux cabinets.

– Dans l'annexe, je crois, avait-elle fait.

Alors papa était sorti et avait fermé la porte d'entrée.

Elle avait enfin compris ce qu'elle devait faire. Elle avait couru derrière lui dans la neige, en pantoufles.

– Faut pas être fâché contre l'Isak, papa !

Il s'était retourné alors et était revenu sur ses pas et

s'était assis à croupetons devant elle. Les flocons de neige se posaient sur son visage tuméfié. C'était assez joli, mais ce n'était pas le moment d'y penser.

Il l'entourait de ses bras.

– J'suis pas fâché contre lui. J'vais seulement lui parler. Lui dire qu'il faut pas croire ce qu'Olaisen raconte. Et qu'il faut pas raconter ce que dit Olaisen, autrement on pourrait croire que c'est vrai.

– C'est dangereux ?

– C'est honteux ! Il n'y a qu'Olaisen qui est le père des enfants à Hanna.

– Mais papa, pourquoi il frappe si fort alors ?

– Je n'en sais rien, Karna. N'y pense plus !

La voix de papa n'était pas très sûre.

C'est alors qu'ils avaient entendu Anna jouer au salon. Cela faisait un grand bruit de cascade. Ce n'était pas la sonate de Mozart.

– Va retrouver Anna maintenant, a murmuré papa en se relevant.

Anna n'avait pas levé les yeux quand Karna était entrée. Elle avait la nuque raide et les épaules remontées jusqu'aux oreilles. Tout d'abord la musique avait déferlé sans raison, puis s'était calmée, tout en restant aussi forte. Elle déplaçait ses mains d'un bout à l'autre du clavier, parallèlement. Comme si elles étaient fâchées et se couraient après. Ou bien comme si elle se débattait contre quelque chose, sans arriver tout à fait à s'en débarrasser. Tantôt dans un sens, tantôt dans un autre.

Tout en jouant elle appuyait sur la pédale à la faire gémir.

Anna regardait quelque chose que Karna ne voyait pas. Intensément. Elle se penchait en avant et frappait sur les touches, le regard fixe. Et elle avait un sillon marqué entre les sourcils. Mais elle jouait quand même.

Karna trouvait qu'elle ressemblait à la vachère dans l'étable d'été, assise au milieu d'un nuage de moustiques, en train de traire la dernière vache. Comme si elle pensait : Allons ! Pour l'amour du ciel, faut en finir !

Et en pensant à l'étable d'été, elle revoyait le scintillement de toutes les couleurs vertes le long du sentier. Des couleurs qui étaient en quelque sorte dans la musique d'Anna. Elles se dressaient comme des éclairs autour de la tête d'Anna. Et elles allaient maintenant vers elle, Karna. Elles n'étaient pas toutes gentilles, mais sauvages et vertes. A la fois pointues et douces ! Elles voltigeaient entre elle et Anna. Elles sortaient aussi du plancher. Vertes et blanches comme une forte aurore boréale.

Un son strident l'entourait. Ce n'était pas uniquement la musique d'Anna. Non, cela ressemblait au claquement d'un drap mouillé, avant qu'on l'étende sur le fil.

C'était sûrement pour l'empêcher de tomber et lui faire penser à autre chose.

# Chapitre 11

La seule fois où Benjamin vint voir Hanna, à la place du vieux docteur, Wilfred Olaisen était dans la chambre.

Il pensa d'abord que cela était dû au hasard. Mais en fait c'était Dina qui l'avait fait venir.

Le vieux docteur n'aimait guère cette affaire. Les blessures étaient bien réelles. Et il ne subsistait aucun doute sur qui en rejeter la responsabilité. Mais Hanna ne voulait en aucun cas y mêler le commissaire, et avait déclaré qu'elle nierait la culpabilité d'Olaisen, si jamais ils portaient plainte contre lui.

De ce fait, on se contenta d'un rapport à la commission de la santé qui concluait : fœtus du sexe masculin, environ 5 mois, bien constitué, mort et né avant terme. Raison probable du décès : les blessures graves de la mère et le choc subi comme suite à des coups ou à une chute.

– Cette affaire ne me plaît pas, dit le docteur, regardant Benjamin en plissant les yeux.

Ils avaient signé le rapport tous les deux.

Benjamin approuva d'un signe de tête sans rien dire.

– Toi qui les connais... Est-il probable que cela se répète ?

Il devait regarder le vieil homme dans les yeux. C'était important.

– Je ne connais pas assez bien Olaisen. Je croyais que je connaissais Hanna. Mais...

Il essayait de gagner du temps. De peser ses mots.

– Le mari m'accuse d'être le père de cet enfant.

Sa voix se cassa.

– Tiens donc, c'est ce qu'il pense ! dit le vieil homme en considérant Benjamin avec intérêt.

Benjamin soutint son regard, sans se sentir très sûr de lui.

– Nous voilà bien... Et y aurait-il un brin de vérité la dedans ?

– De toutes manières, ce n'est pas vrai, dit Benjamin fermement.

Le vieil homme avait des sourcils broussailleux, comme une poignée de lin décoloré. Quand il était en proie à une forte émotion, comme maintenant, ils étaient en continuel mouvement.

– Un médecin de district ne doit jamais, sous aucun prétexte, risquer de tels ragots ! dit-il d'un ton menaçant en mesurant Benjamin du regard.

– En effet.

– Il faut donc se féliciter de la sagesse que montre Hanna Olaisen en étouffant le scandale. Cela sauve tout le monde.

– Sauf elle-même.

– Cela dépend du point de vue auquel on se place, dit le vieux. Et un peu plus tard :

– J'ai expédié une recommandation en ta faveur, pour me succéder. J'ai des raisons de croire que l'affaire va aboutir. Aussi, je ne sais rien de toute cette affaire.

L'atmosphère à Reinsnes était de plus en plus marquée par le départ. La nervosité se passait des uns aux autres. Les domestiques ne savaient plus de quoi ils pouvaient parler, ni les sujets qu'il fallait éviter. Le moindre lapsus pouvait déclencher un drame. Comme lorsque quelqu'un avait demandé à Sara si elle emmenait son petit chat en Amérique. Ou bien s'ils emportaient le métier à tisser de Stine. Ou encore où ils allaient habiter quand ils arriveraient dans la grande ville de l'autre côté de l'océan.

Quant à Stine et Tomas, ils préparaient leur long et périlleux voyage. La liste des choses à emporter reçut de nombreuses ratures et provoqua force soupirs.

Isak partait aussi. Il n'était pas retourné chez Olaisen et il réprimait ses larmes en serrant les poings dans ses poches. Au contraire de Sara, il était bien décidé.

Et le jour fatidique de la vente aux enchères arriva. C'était imprimé dans le journal :

« Pour cause de départ en Amérique, le 12 avril se tiendra une vente aux enchères à la ferme de Reinsnes, divers ustensiles de ménage, casseroles, nouveau four, meubles, linge de maison, divers outils pour la culture et pour la production de duvet, herbes odorantes en sac et en boîtes, etc. »

Sara lisait d'une voix tremblante en claudiquant sur le plancher.

– De quoi on va se servir jusqu'à notre départ, si on vend tout ?

– On se débrouillera d'une manière ou d'une autre. L'important c'est de savoir de combien de couronnes on dispose, répondit Stine.

Sara avait confié à Karna qu'elle ne savait pas tout à fait si elle voulait partir ou non. Cela lui faisait tellement peur.

Et puis il y avait le mal de mer. Etre sur la mer démontée ! Pendant des semaines ! Il y avait des gens qui en étaient morts, avait-elle entendu dire. Finalement les intestins sortaient eux aussi. Et les intestins qui sont sortis du corps, c'est difficile à remettre en place.

Benjamin la rassurait et lui disait qu'on n'avait jamais entendu parler de tels cas en médecine, que c'était une histoire fabriquée par des gens ayant beaucoup de fantaisie. Mais Sara n'était pas tout à fait persuadée. Elle avait du mal à manger et pleurait beaucoup. Anna lui avait dit qu'elle devait bien réfléchir si vraiment elle voulait partir ou non, et de toute façon qu'elle ne serait pas seule si elle restait.

Mais cela n'arrangeait rien. C'était comme si le choix qu'elle n'arrivait pas à faire la minait de l'intérieur.

Dina vint de Strandstedet pour acheter d'avance ce qu'elle désirait garder à Reinsnes. On lui parla des difficultés de Sara et elle alla la trouver dans l'annexe.

Elle déclara que Sara avait de la chance d'avoir des parents aussi entreprenants qui se bâtissaient un avenir. Que ce serait sûrement dur, mais que tout finirait bien quand même.

Personne n'était jamais mort de mal de mer. Le pays de l'autre côté offrait tant de possibilités aux jeunes filles. Là-bas, il y avait tant de choses à faire. De tels espaces.

Et Sara, qui était si intelligente et si savante, pourrait, si elle le voulait, faire des études, Dina en était sûre. Et apprendre une autre langue, elle y arriverait en un tournemain. Quand on est jeune, on peut tout faire. Par rapport à Sara, Dina avait été une vieille dame quand elle était partie. Et elle avait quand même appris l'allemand.

Et tous les gens qu'elle allait rencontrer ! De jeunes hommes... Elle ne pouvait que se réjouir.

Sara apprit comment Dina était arrivée à Berlin sans autre bagage qu'un violoncelle et quelques effets féminins, comme elle disait. Sara, finalement, se laissa convaincre.

Stine était si reconnaissante à Dina d'avoir calmé Sara qu'elle voulut laisser dans l'annexe le nouveau four qu'ils avaient acheté eux-mêmes. La cuisine paraîtrait si vide, sans ce four. Dina insistait pour payer.

– Faut pas me considérer comme une indigente. Je sais parfaitement que c'est toi qui as payé le voyage d'Isak pour qu'il n'ait rien à recevoir de ce type... Cela suffit comme ça !

Dina lâcha prise et n'en parla plus. Ni du « type » non plus. Et elles passèrent à d'autres sujets. Revinrent au temps passé. Aux choses qui n'avaient jamais été dites. Il était temps d'en parler. La distance à travers l'océan était plus grande que d'ici à Berlin, et personne n'était sûr de l'avenir en ce monde.

C'est ainsi que Dina en arriva à demander à Stine la permission de parler seule à Tomas aussi. De ce qui appartenait au passé. A leur jeunesse. De ce qui était resté un non-dit.

Et Stine fit le vide dans l'annexe, noua un fichu sur sa tête et s'en alla rôder le long de la côte pendant deux bonnes heures pour leur laisser le champ libre.

Dina était assise à la cuisine quand Tomas rentra du travail.

Il écarquilla les yeux et demanda où était Stine. Elle lui répondit sans détour.

– Je suis venue pour te parler de certaines choses.

Il comprit que le moment était enfin venu. Il en avait peut-être eu le pressentiment sur le quai, le jour de son extraordinaire retour. Ensuite il avait probablement fait exprès de l'oublier. Qu'ils avaient quelque chose à se dire.

– Le Benjamin, il sait que tu es son père, dit-elle.

Il ne put s'empêcher de sourire. L'art des entrées en matière alambiquées, ce n'était pas son fort à Dina.

– Alors il en sait plus que moi. Qui le lui a dit ?

– Moi.

– Aujourd'hui ?

– Non, quand il était étudiant à Copenhague.

– Et maintenant, après toutes ces années, c'est à mon tour de l'apprendre ?

– C'est selon la manière dont on voit les choses.

– Et qu'est-ce que j'vais en faire ?

– J'en sais rien, Tomas.

Il comprit qu'elle le laissait gagner cette manche. Lui laissait le loisir de dire n'importe quoi sans le remettre à sa place. Quelque part dans sa poitrine quelque chose l'oppressait. Il était sans voix. Et tout ce qui s'était passé, tous les actes manqués, toutes les choses non dites. Il en fut submergé.

– Comment il a pris ça ? arriva-t-il à prononcer.

– Comme on peut l'imaginer.

– Et qu'est-ce qu'on peut imaginer ?

– L'incrédulité. La colère. Tout.

Il avait oublié qu'il avait des mains. Il ne savait pas quoi en faire. Elles n'étaient pas propres. Il les posa sur la table et se pencha vers elle.

– Tu m'as repoussé une fois pour toutes quand on était jeunes, et tu m'as juré qu'il n'était pas mon fils. J'en ai tiré les conséquences jusqu'à ce jour. J'ai jamais tourmenté Benjamin en lui faisant comprendre qu'il avait un fils de métayer pour père. Mais j'ai pris soin de sa ferme comme si c'était la mienne.

La table de la cuisine trembla un peu quand il lâcha prise pour aller vers la table de toilette. Il s'y lava les mains dans la cuvette en zinc et les essuya soigneusement. C'était en fait pour ça qu'il était rentré.

Il ne pensa pas qu'il avait aussi l'habitude d'enlever sa chemise et de se laver le cou et le torse.

C'est pourquoi il n'en crut pas ses oreilles quand il entendit :

– Tu n'enlèves pas ta chemise ?

Il la regarda dans le miroir à la surface inégale. Elle était assise au bout de la table, les yeux fixés sur lui.

Il n'y pouvait rien. Les années s'évanouirent. Dans l'image du miroir tout était fragile comme du verre. Mais proche. Leur jeunesse.

Il avait trimballé des piquets et labouré la terre pendant des années, et avait cru que c'était en vain. Et voilà qu'elle arrivait maintenant et lui rendait sa jeunesse en un seul regard.

– Ma chemise ? Qu'est-ce que tu veux dire ? demanda-t-il d'une voix rauque.

– J'me souviens que t'avais l'habitude de l'enlever... pour te laver... quand tu rentrais de l'étable.

– Et alors ?

– J'aimerais voir ton dos... avant que tu partes.

Il fixait son image dans le miroir. Ses yeux ! Ignorant que la décision était déjà prise. Jusqu'à ce qu'il se rende compte que ses doigts tremblaient en défaisant lentement les boutons. Un par un.

A l'idée d'accepter cela, ressentait-il de la colère ? Elle s'était émoussée depuis plus de trente ans.

Et là, devant elle qui le regardait, il se redressa et enleva sa chemise. Ensuite, il ne sut plus quoi en faire, alors il la chiffonna en une petite boule dure.

– Ne te retourne pas, entendit-il.

Non, il ne se retournait pas. Pourquoi se retournerait-il ? Il la voyait. Il aspira un grand coup et leva le menton.

Elle était assise sans bouger tandis qu'ils se possédaient à travers le miroir. Plusieurs fois, il aspira fortement, et retint sa respiration. Il comprit ainsi que le temps passait.

Occupée à regarder son dos, elle ne pouvait pas voir son visage à lui, tandis qu'il observait le sien. Quand il vit la volupté envahir son visage, il eut la sensation de recevoir un précieux cadeau.

– Ton dos, Tomas... ton dos, murmurait-elle.

Il voyait sa bouche s'ouvrir et se refermer. Sa voix. Ses mots. Qui restaient en suspens dans la pièce. S'enfonçaient dans son corps. Se trouvaient des recoins pour s'y cacher. Il les emporterait par-delà l'océan. Dans cette campagne étrangère. Mais sous le même soleil.

Mais il fallait aussi voir la réalité en face. Que pouvait-on dire de telles bêtises ? Personne n'était obligé d'y répondre. Pourquoi le serait-il, lui ?

– Qu'est-ce que tu veux, Dina ?

– Te demander si tu peux me pardonner ce que je t'ai autrefois infligé, par inadvertance ?

Il ne se retournait toujours pas. Ces mots ? Les avait-elle prononcés ?

– Qu'est-ce que tu dis ?

Elle répéta. Il restait debout. Son dos lui faisait mal. Il était sans défense. Sans réponse. Avait-il seulement jamais imaginé qu'il serait obligé de répondre à cela ?

– Ça m'en a tout l'air, murmura-t-il avec une voix de jeune garçon.

Au début elle resta assise sans bouger sur son tabouret. Puis son visage s'éclaira d'une sorte d'émotion.

– Merci, Tomas !

Il voulut remettre sa chemise, mais elle se leva vivement.

– Non... non... je m'en vais. C'est seulement pour ça que je suis venue. C'est un long chemin que j'ai suivi. Depuis Berlin.

Il ne reprit ses sens que lorsqu'elle referma la porte derrière elle.

# Chapitre 12

Juste avant l'arrivée du professeur et de son épouse, on était arrivé à réparer la toiture et la cheminée, et à repeindre l'extérieur de la grande maison ainsi que de la boutique. L'intérieur attendrait que les invités soient repartis.

Cette année, on n'avait pas à faire la fenaison. Les champs étaient pris à bail par un fermier de Vika. Les animaux avaient disparu. A part les poules et les pigeons, et le chat de Sara.

Benjamin avait pensé installer les parents d'Anna dans la salle, mais Anna s'y opposa.

Il la regarda, taquin.

– Tu as peur qu'ils s'y plaisent trop ?

– On m'a installée dans la salle. Et j'y suis encore ! plaisanta-t-elle.

– Tu regrettes ?

– Tu trouves, puisque je ne veux pas la quitter ?

Il ne savait pas s'il fallait la questionner là-dessus, mais il avait remarqué qu'elle avait pour ainsi dire cessé de jouer ou de chanter ces derniers temps. Et cela bien que Bergljot lui épargna le plus gros du travail des préparatifs.

– Pourquoi ne joues-tu plus ? Même avec Karna ? Tu ne chantes plus non plus.

– Je m'exerce à ne pas le faire.

– Pourquoi ?

– Mon piano donnait toujours des maux de tête à maman. Ou bien parce que je ne jouais pas assez bien...

– Comment faisais-tu à Copenhague ?

– J'utilisais le piano de mon professeur.

– Mais... tu ne jouais jamais à la maison ?

– Seulement si on avait des invités qui venaient pour entendre un répertoire convenu sur lequel je m'étais exercée comme il le fallait.

– Seigneur ! Tu ne m'as jamais raconté ça !

– Non, je l'ai heureusement oublié depuis que je suis avec toi.

– Alors, on lui donnera quelque chose contre son mal de tête. Tu dois jouer !

– On verra, dit-elle en soupirant.

– J'ai bien compris que tu es différente de ta mère, mais quand même...

– Je déteste ma mère ! dit-elle sans y mettre beaucoup de sentiment. Elle s'assit alors devant le piano sans jouer.

Il la regarda avec étonnement et se pencha sur l'instrument.

– Pourquoi ?

– Elle a essayé de me dresser comme un petit chien admiré et caressé par tout le monde. Je devais seulement remuer la queue, mais pas aboyer.

Quand elle le vit sourire, elle continua comme pour elle-même :

– Je la déteste parce qu'elle est arrivée à transformer Sophie en caniche, et que ça me force à la détester elle aussi.

– Pourquoi ne m'as-tu jamais raconté ça ?

– Parle pour toi, avec tout ce que tu ne m'as pas raconté !

Il lui jeta un rapide coup d'œil. Que voulait-elle dire ? Il pensa le lui demander. Mais se ravisa.

– Joue-moi quelque chose ! Quelque chose que tu n'as pas joué depuis longtemps ! Quelque chose que tu ne sais pas du tout ! Et basta ! choisit-il de dire.

Elle feuilleta les partitions avec rage, ouvrit l'abattant et se lança.

Une fois ses parents arrivés, l'inquiétude d'Anna sembla se dissiper. Elle entrait à tel point dans son rôle de maîtresse de maison qu'il n'était pas le seul à s'en étonner.

Elle donnait à voix basse des ordres à Bergljot et à la servante. Elle réprimanda plusieurs fois Karna pour des bagatelles auxquelles elle n'aurait jamais prêté attention autrement. Tout cela avec le calme le plus parfait. Et il se disait que cela ne ressemblait guère à Anna.

On était au début de juin. Et comme sur commande, la neige s'était retirée sur les hauteurs, les feuilles avaient recouvert les arbres et l'herbe avait poussé dans les champs.

Le soir de l'arrivée des parents d'Anna, Karna avait eu le droit d'assister au dîner.

Papa avait fait tinter son verre et leur avait souhaité la bienvenue dans le Nordland. Puis il les avait remerciés de lui avoir donné Anna, et avait dit des tas de choses sur tout ce qu'elle savait faire et sur sa gentillesse. A la fin il avait levé son verre en se tournant vers chacun d'eux. Vers Karna aussi.

Le père d'Anna avait fait un long discours. Il préférait parler avant de manger, avait-il dit. Autrement ça lui coupait l'appétit.

– En est-il ainsi pour vous aussi, madame Dina ? avait-il demandé à grand-mère.

Grand-mère n'avait pas répondu, s'était contentée de sourire.

Alors il avait commencé à parler de quelque chose qu'il appelait « la terre promise d'Anna où le soleil ne se couchait jamais ». Il avait dit que Reinsnes était comme un conte de fées, et remerciait papa de les avoir invités. Il avait parlé d'un monde et d'une nature sauvages, Dieu sait ce qu'il voulait dire par là.

– Je reconnais que tu as du talent pour décrire, ma fille, mais cet endroit il faut le voir soi-même ! avait dit le professeur avec l'air d'avoir envie de pleurer. C'était drôle. Et il avait dit « ma fille » !

Karna essayait de s'imaginer Anna quand elle était petite fille, sans y arriver.

Pendant qu'il parlait, la mère d'Anna hochait la tête,

ou bien s'écriait « oui ! » en agitant la tête encore plus énergiquement. C'était curieux que cette dame n'arrive pas à se tenir tranquille, car ce n'était pas poli de parler pendant que quelqu'un faisait un discours. C'est ce qu'Anna disait tout le temps. En tout cas, on avait l'impression qu'Anna en savait plus que sa maman sur ce sujet.

La mère d'Anna avait une manière amusante de froncer le nez. Avant le dîner, Karna l'avait vue passer son doigt sur la console sous le miroir. Elle l'avait fait glisser, juste comme Bergljot quand elle voulait savoir s'il fallait enlever la poussière.

Alors Karna s'était approchée et avait dit :

– On a déjà essuyé la poussière !

La mère d'Anna avait sursauté et avait retiré son doigt. Et elle avait froncé le nez.

Après le discours, le professeur et la mère d'Anna étaient devenus presque comme tout le monde.

Karna avait nettement entendu le papa d'Anna avaler bruyamment sa soupe. Elle ne savait pas trop pourquoi, mais elle n'avait jamais imaginé que cela pouvait arriver. C'était sûrement parce que Bergljot, pendant des semaines, n'avait fait que répéter : « quand le professeur sera là, il faudra... » ou encore « ... il ne faut pas que la famille du professeur croit que... »

Un professeur était bien plus qu'un doyen ou qu'un préfet, s'était-elle dit. C'est pourquoi elle trouvait drôle qu'il fasse du bruit en mangeant sa soupe.

La maman d'Anna avait plusieurs fois parlé la bouche

pleine. Ça aussi, c'était curieux. Anna lui faisait toujours les gros yeux, quand elle faisait ça. Anna n'avait rien dit. Elle regardait, seulement.

Quand Bergljot avait rempli le verre du professeur pour la troisième fois, et les autres verres une ou deux fois seulement, il s'était penché vers Karna et avait dit :

– C'est dommage que ta tante Sophie n'ait pas pu venir. Mais elle vient juste d'avoir un petit enfant, tu comprends. Mais il faut absolument que tu viennes à Copenhague pour rencontrer ta tante !

Cette tante n'avait guère manqué à Karna, mais elle n'avait rien répondu.

– Mais elle n'est pas la tante de Karna, avait dit la mère d'Anna en fronçant le nez à nouveau.

Il y avait eu un grand silence. Et Anna s'était mise à parler à voix basse de Copenhague avec son papa.

– Moi je suis née à Copenhague ! avait dit Karna en les regardant à la ronde.

D'abord ils l'avaient regardée, et puis ils s'étaient mis à parler entre eux. Mais pas avec elle.

Après le café, Benjamin suivit Anna dans l'office et lui demanda de jouer quelque chose.

Elle le regardait, hésitante.

– Maman est fatiguée. Elle est toujours irascible après le repas.

– Ça, c'est à Copenhague. Ici, tu joues toujours quand on a des invités ! Faut qu'elle s'y habitue.

Elle changea de visage. Cela ne prit qu'une seconde. Elle rit.

– Tu as raison ! Ici, chez moi, j'ai l'habitude de jouer quand on a des invités.

Un peu plus tard on entendit du Grieg dans la salle à manger. La musique emplissait le fumoir, sortait par les fenêtres, traversait la cour, passait par l'annexe, l'étable vide et nettoyée, descendait l'allée jusqu'aux entrepôts.

La mère d'Anna était assise dans le fumoir parce que Dina y était. Elle porta nerveusement deux doigts vers sa gorge. Les coins de sa bouche tombèrent un instant. Mais sans pourtant la défigurer. Elle ouvrit la bouche pour dire quelque chose.

Le professeur s'en aperçut et voulut prévenir en passant la tête à travers la porte de la salle à manger. Mais au lieu de cela son regard s'arrêta sur Dina, noyée dans la fumée de son propre cigare. Son visage exprimait un intense plaisir.

Dina était repartie à Strandstedet. Et le père d'Anna faisait des promenades en montagne accompagné de Tomas ou d'Ole, sac à dos, avec sa pipe et un casse-croûte, ou bien il accompagnait Benjamin en bateau faire ses visites, avec seulement une paire de chaussettes de rechange.

Anna ne se plaignait pas, mais Benjamin avait compris que sa mère était parfois pénible. Le soir, dans la salle, elle lui racontait, sur un ton de colère rentrée plein de sarcasme, les épisodes de la journée. Comme du temps de l'inspection scolaire.

– Aujourd'hui elle m'a fait la leçon, disant qu'on devrait fonder une famille. Ce serait tellement mieux, disait-elle.

– Et qu'est-ce que tu as répondu ?

– Je n'ai rien répondu.

– Pourquoi ?

– Parce qu'elle me blessait. Et parce que c'est un sujet qui me blesse encore.

– Alors, rien que des choses tristes ?

– Non. Karna est d'une grande aide. Tu n'imagines pas ce qu'elle a sorti à maman aujourd'hui.

– Non, mais j'espère que ce n'était pas trop impertinent ?

– Maman venait de me faire des remarques sur ma manière d'interpréter Grieg, que je jouais trop lentement. Qu'il ne fallait pas jouer l'estomac plein. Alors Karna a dit : Ici personne n'a le droit de dire des choses pareilles à Anna !

– Comment a-t-elle pris ça ?

– Elle a été désarçonnée et s'est mise à parler d'autre chose.

Anna riait en silence et de bon cœur.

– Je crois que je ne vais pas lâcher la main de Karna tout le temps que maman sera là.

Après un bon dîner de saumon, et de nombreux verres de vin, le père d'Anna se décida. Tourné vers

Benjamin il déclara qu'il était temps de parler de leur avenir.

Il était plein de louanges pour Reinsnes et le Nordland, mais espérait fermement que Benjamin et Anna déménageraient à Copenhague.

– Tu ne peux pas rester ici le restant de ton existence à te dévouer pour des cas anodins. Tu es doué pour d'autres choses, mon cher gendre, dit-il.

Benjamin répondit, ce qui était vrai, qu'il était flatté de la confiance que son beau-père lui témoignait. Mais qu'il n'était pas prêt au grand départ.

– Les années passent si vite, disait le professeur, c'est quand on est jeune qu'il faut...

Et il se mit à expliquer que le nerf pneumogastrique n'était pas seul à l'origine du suc gastrique, celui-ci pouvant aussi être produit par d'autres facteurs chimiques ou mécaniques.

– Il est important d'informer les gens ! D'informer tout le monde ! Sur le rôle des graisses et des hydrates de carbone dans l'économie des protéines, et de ce fait, de leur importance dans notre nourriture, pontifiait-il.

Le professeur parla d'un jeune savant sur lequel il misait beaucoup. Ce dernier était arrivé à la conclusion qu'il y avait concordance entre « la concentration de graisse dans les échantillons de lait et le nombre et le diamètre des molécules de graisse ». Bien entendu quand le diamètre mesuré était corrigé en rapport avec le cercle de diffraction.

A ce moment-là la mère d'Anna se gratta le menton.

Et Anna se leva et dit que le café était servi au salon.

En route, le professeur se déclara certain que Benjamin était doué pour la chirurgie. Il l'avait constaté en l'accompagnant dans ses visites. Il ne s'agissait bien sûr que d'un ongle récalcitrant. Mais il avait la main.

Il s'arrêta au milieu du plancher et expliqua que les recherches modernes les plus importantes se portaient sur les transplantations dermatologiques. L'avenir était là-dedans ! Il connaissait un certain H. Philipsen qui avait fait des expériences fabuleuses. Aussi sur des humains.

Avant d'atteindre la porte du fumoir, Benjamin arriva à briser le monologue pour placer avec précaution un renseignement.

– C'est la gynécologie qui m'intéresse le plus. Il est insupportable de voir mourir tant de femmes et d'enfants.

Le professeur le félicita de son idéalisme. Mais cette sorte de recherche n'avait guère d'avenir en médecine, pensait-il.

– Tu devrais venir chez Holmer. C'est l'homme qu'il te faut. Il a de la place pour les étudiants et les médecins de tous les pays nordiques.

– Holmer est célibataire et habite avec sa mère, ou bien sa sœur ? Et il déteste les femmes ! interrompit Anna.

La mère d'Anna lui lança un regard sévère, qui resta sans effet. Anna riait et prenant son père par le bras elle lui fit passer la porte.

– Ne va-t-on pas mettre l'enfant au lit ? demanda la

mère d'Anna.

– Non, ma chère maman ! dit Anna en s'appuyant sur son père.

Karna s'était assise sur un tabouret aux pieds de Benjamin. L'enfant attira l'attention du professeur qui changea de sujet :

– D'après ma conversation avec Tomas en montagne aujourd'hui, vous seriez parents ?

Benjamin eut l'impression de recevoir une chape sur la tête.

– Oui c'est assez compliqué, cher beau-père, dit-il.

– Lointains ?

– Pas tellement.

– On voit ça à la petite Karna. Très intéressant ! C'est évident. Cet œil brun et cet œil bleu ! Un de mes collègues a fait des recherches sensationnelles en eugénisme, et sur les facultés humaines. Dans son *Inquiries into Human Faculty*, il définit le terme « eugénisme » comme l'étude des facteurs sociologiques et biologiques qui peuvent améliorer ou détériorer les générations à venir du point de vue physique ou moral. L'eugénisme positif s'applique à améliorer les facultés requises, l'eugénisme négatif s'applique à lutter contre des facultés non souhaitables. Comme les maladies génétiques et les malformations.

Tout en prononçant avec lenteur le mot « malformations », il avait pris Karna par le menton et fixait ses pupilles.

Anna attrapa la cafetière et proposa du café à son père. Mais il n'y prêta pas attention.

Karna retira la main du professeur et demanda :

– Qu'est-ce que c'est, des malformations ?

– Ce sont des défauts et des manques graves, par exemple chez des individus, répondit le professeur avec gentillesse, et accepta quand même du café.

Elle se sentait toute drôle. Et avait envie de se sauver. En tout cas jusqu'au perron dehors. Mais elle n'y arrivait pas. Le plafond avait rejoint le plancher et les murs s'écroulaient. Et elle entendait le chant de l'océan. Très fort. Il emportait tout avec lui. Vite, vite. Les meubles, les fenêtres, les visages, les pots de fleurs, les dessins de la tapisserie, les cigares, la fumée.

Quand elle s'est réveillée, papa et le père d'Anna étaient penchés sur elle. Il fallait que l'autre s'en aille. Elle voulait seulement papa ! Mais elle n'arrivait pas à le dire. Elle avait craché le bâton qu'on lui avait mis dans la bouche, et refermé les yeux.

Elle entendait qu'ils parlaient d'elle. L'autre posait des tas de questions à papa. Si elle tombait souvent. Si elle se faisait mal. Quand ça avait commencé.

– Toujours ainsi ? Sans préavis ? La bouche écumante, des crampes et les yeux ouverts ? demandait l'autre.

Elle ne voulait pas entendre ce que papa répondait. Et pendant qu'elle buvait au verre que tenait Anna devant sa bouche, elle avait entendu la maman d'Anna dire :

– J'avais bien vu que l'enfant était fatiguée. Elle aurait dû être au lit depuis longtemps !

Alors elle aurait bien voulu que ces gens ne soient pas là. Elle le voulait si fort qu'elle avait senti l'approche d'une nouvelle crise.

Pour l'éviter elle s'était mise à penser à son Pater, comme Stine le lui avait recommandé. Personne n'avait rien dit, mais elle sentait qu'elle avait fait pipi sur elle.

Quelqu'un avait mis un plaid sur elle. C'était sûrement Anna.

– Vous auriez dû l'amener à Copenhague, avait-elle entendu.

– Peut-être. On espérait que ça allait passer avec l'âge.

L'autre avait avancé la tête vers elle, il la secouait. Il avait de grandes narines. Des poils en sortaient. Ils étaient si longs. Elle ne pouvait pas les empêcher de toucher son visage. Ça l'empêchait de respirer.

– Des crises d'épilepsie. Dues à un dommage à la tête. Peut-être à la naissance, entendait-elle tout en essayant de reprendre sa respiration au milieu de tous ces poils noirs et raides.

Papa l'avait enfin prise dans ses bras et portée dans sa chambre. Il l'avait couchée sur son lit, lui avait mis une culotte propre et avait dit :

– Faut pas faire attention. C'est un professeur, tu sais. Ils disent quelquefois des choses sans penser à mal.

Après ça elle avait essayé de ne pas rester dans la même pièce que l'autre, pour ne pas penser à tout ce qui était abîmé en elle. Ou pour éviter que papa se trouve en difficulté si elle tombait. Mais c'était difficile parce qu'Anna la prenait par la main tout le temps. Comme si elle avait besoin d'elle.

Heureusement elle n'avait pas eu d'autres crises pendant qu'ils étaient là. Mais elle avait compris qu'elle avait quelque chose d'abîmé dans la tête, et que personne ne le lui avait dit auparavant. Elle était une malformation, ce drôle de mot, parce qu'elle tombait.

Papa aurait dû l'emmener à Copenhague, en vérité pour se débarrasser d'elle. Mais elle savait bien qu'il ne ferait jamais cela.

Elle était aussi allée dans le pavillon quelquefois pour penser à l'autre chose qui avait été dite, sur Tomas et ses yeux. Qu'ils étaient parents. Ça, c'était pas si grave, parce que Tomas était gentil.

Le mieux c'était quand même de ressembler à papa. Même s'il lui arrivait d'être en colère. Au vrai, elle ne voulait ressembler à personne d'autre.

Les yeux de papa étaient pareils. C'est vrai qu'ils devenaient verts en mer et qu'ils étaient gris le soir quand il revenait. Mais ils changeaient de couleur tous les deux en même temps.

Après le départ du professeur et de sa femme, Anna avait cessé de lui tenir la main et elle avait suivi Tomas pour regarder ses yeux. Elle n'avait jamais pensé qu'ils étaient laids, elle en avait l'habitude. Mais maintenant ils l'étaient devenus, parce que l'autre avait dit que c'était une malformation.

Quand elle se regardait dans la glace, elle regardait droit dans les yeux de Tomas. Elle battait des paupières aussi fort qu'elle le pouvait pour les faire changer de couleur. Comme ceux de papa. Mais ça ne marchait jamais.

Un jour, elle était allée dans l'entrepôt d'Andreas où Tomas remplissait des coffres et des caisses. Elle avait attendu qu'il s'arrête et crache sur la pierre à affûter pour aiguiser un couteau. Alors elle avait seulement demandé :

– Pourquoi il n'y a que nous deux avec des yeux comme ça ?

Tomas s'était arrêté. Le couteau était resté en l'air. Comme si c'était la lumière qui le tenait, pas Tomas.

– Le professeur a dit qu'on était parents. C'est vrai ?

– Demande à ton père, ma petite.

– Mais il est pas là maintenant.

Alors il avait déposé la pierre et la lame et s'était essuyé le visage.

– Viens, on va s'asseoir un peu, avait-il dit en se laissant tomber sur une malle, les genoux écartés. Sa barbe et ses cheveux roux étaient ébouriffés.

Elle s'était assise à côté de lui et avait attendu.

– A mon avis, c'est mieux que le Benjamin t'explique qui est parent avec qui à Reinsnes.

Bon, elle comprenait ça.

– Alors je vais lui dire ?

Tomas avait avancé la main et l'avait posée sur sa tête. Légèrement.

– Tu peux dire à ton père que j'ai rien contre cette parenté.

Elle avait approuvé d'un signe de tête et s'en était allée, parce qu'il n'y avait rien d'autre à tirer de lui.

Elle y avait pensé toute la journée pendant qu'elle pêchait du menu fretin avec Isak sur les rochers. Mais elle ne lui avait rien dit. Le même soir, quand Benjamin était venu lui dire bonsoir, elle avait dit :

– Le Tomas il dit qu'il a rien contre être notre parent.

Papa avait d'abord eu un drôle d'air. Et puis il avait ri un peu en écartant les bras comme s'il en tombait à la renverse.

Mais ça n'avait pas duré longtemps, et il était redevenu sérieux et avait passé sa main dans ses cheveux.

– La vérité c'est que Tomas est ton grand-père, même si presque personne ne le sait et même si c'est pas inscrit dans les registres.

– Pourquoi on le sait pas ?

– Parce que c'était une honte. La Dina et le Tomas étaient pas mariés, avait dit papa.

– Quand c'est une honte, personne doit le savoir ? avait-elle demandé.

– En effet, c'est comme ça.

– Je peux le dire à personne ?

– Si, si tu veux, mais si j'étais toi, je ne le ferais pas.

– Pas même à Anna ?

– A Anna, tu peux dire tout ce que tu veux.

– Et grand-mère, elle le sait ?

Papa avait souri et avait dit que c'était grand-mère qui le lui avait dit.

– Non, papa, tu te trompes ! C'est le professeur qui l'a vu.

Alors papa avait ri très fort. Elle avait alors compris que ce n'était pas aussi grave qu'elle l'avait cru.

– Mais Anna et toi vous êtes mariés et elle est quand même pas ma mère. C'est une honte ?

– Non ! avait dit papa.

– Pourquoi ?

– Tout le monde le savait, il n'y a rien de mal.

– Mais alors il n'y a qu'à la raconter à tout le monde l'histoire avec Tomas, et il n'y aura plus de honte.

Il l'avait alors prise dans ses bras et avait murmuré à son oreille.

– J'ai bien peur que ça ne soit pas aussi simple. Mais en tout cas maintenant tu sais la vérité.

Il fallait donc y passer. Un entretien avec Tomas. Il alla avec lui récupérer des pieux restés dans les champs depuis la dernière fenaison.

En y repensant plus tard il n'arrivait pas à reconstruire leur conversation. Seulement des bribes lui revenaient. Son enfance lui devenait trop proche. Il se voyait là-haut dans les champs. Ressentait le vide laissé par le départ de Dina. Voyait Tomas s'occuper du bétail. S'en souvenait comme d'une personne un peu lointaine qui vaquait à ses occupations.

Et quand il avait vu la timidité inscrite sur le visage de l'homme, il avait presque regretté d'en avoir parlé. De toute façon c'était trop tard.

Ce dont il se souvenait le mieux c'est qu'ils s'étaient tendu la main après avoir rangé les pieux sous l'étable. Il le savait bien, ce n'était pas un geste qui faisait partie des coutumes paysannes.

# Chapitre 13

Un des derniers jours avant leur départ, Stine avait emmené Karna avec elle dans la cuisine de l'annexe.

Rien n'était plus à sa place, tout était en désordre. Karna évitait de regarder.

La table et les escabeaux étaient encore là. C'est là qu'elles s'étaient assises et Stine lui avait servi du café au lait sur une soucoupe.

– Quand je s'rai plus là, faut pas que tu oublies ce que je t'ai dit sur le don que tu as, Karna. T'es appelée à faire de grandes choses, avait dit Stine.

Karna avait fait oui de la tête sans trop comprendre.

– Faut lire ta Bible et dire ton Pater aussi souvent que possible, ça t'empêchera de te faire mal en tombant. Tu le sais ?

– La Bible à grand-mère a des lettres si compliquées. Anciennes et tarabiscotées. Elle est maintenant tellement vieille qu'elle a servi à mon baptême, avait-elle répondu.

– Tu lis très bien ces lettres-là aussi, à ce qu'on dit.

– Mais c'est difficile tu sais. Et papa dit que j'apprends plus de choses dans les livres.

– Pas quand il s'agit du haut mal et des vérités éternelles. Pour ça, il faut la Bible.

Karna avait encore fait oui de la tête.

– Tu me promets de dire ton Pater dès que tu sentiras que tu vas tomber ? Si tu en as le temps ?

– Oui.

– Et que tu emmèneras avec toi ta Bible partout où tu iras ?

– Oui, avait répété Karna, en avalant très vite le contenu de sa soucoupe. Elle avait un peu éclaboussé. Mais ça n'avait pas d'importance puisqu'il n'y avait pas de nappe sur la table.

– Papa a dit que cette Bible est à moi. C'est grand-mère qui la lui a donnée. Et elle à son tour, elle l'a eue de sa mère, Hjertrud. N'empêche qu'elle est vieille et noire... Pourquoi la Bible doit toujours être noire ?

Stine n'en savait rien, mais avait prétendu que le noir était une belle couleur pour le livre du Seigneur.

– Tu emportes ta Bible en Amérique ?

– Ça tu peux en être sûre !

– Mais tu tombes jamais, toi ?

– La parole du Seigneur est bonne pour guérir tous les maux et tous les chagrins, tu comprends.

– Mais ça m'empêche pas de tomber.

– Si toi et moi on n'avait pas prié et lu la Bible, ça aurait été bien pire.

– J'ai encore le fil autour de la main, avait dit Karna en jetant un coup d'œil sur le mince bout de laine qui entourait son poignet.

– Fais-y bien attention ! Et si tu le perds, faut m'écrire pour que je trouve un autre moyen.

– Bon. Tu as déjà emballé tous les gâteaux ?

Ce que Stine n'avait pas fait.

Elles étaient donc restées encore un moment à grignoter chacune leur gâteau et à siroter leur café au lait, se demandant où les eiders pouvaient bien être maintenant.

Stine avait depuis longtemps accompagné les oisillons jusqu'au bord de la mer pour empêcher qu'ils ne soient tués à coup de bec par les mouettes ou les corneilles lors de leur premier vol vers le monde. Cela tremblait, pépiait et grouillait dans son tablier de grosse toile quand elle s'était dirigée vers la mer avec eux.

Karna et Anna l'avaient suivie à bonne distance, comme les enfants dans le conte du chasseur de rats. Elles étaient attirées malgré elles.

En tête marchait Stine avec les oisillons dans son tablier, puis les eiders suivaient, grondant en se dandinant. A la fin Anna et elle fermaient la marche. Mais elles s'étaient arrêtées au gros rocher en bas de la côte. De là elles avaient regardé Stine mettre les oisillons à l'eau un par un.

Quand Stine avait son tablier plein d'oisillons grouillants, c'était comme si Stine n'était pas tout à fait réelle. On ne pouvait pas imaginer qu'il puisse lui arriver un malheur.

Mais quand elle était revenue le tablier vide, son visage était gris et ses yeux avaient refusé de les voir.

Peut-être parce qu'elle pensait à sa propre traversée de l'océan.

Karna pensait que papa n'avait pas réalisé qu'ils partaient avant le jour même du départ. Il n'avait presque pas parlé quand ils avaient accompagné les voyageurs jusqu'à Strandstedet.

Stine tenait fermement le sac de voyage qu'Anna lui avait offert, et regardait partout à la fois. Ça ne lui ressemblait pas.

Tomas n'avait pas l'air tout à fait réveillé. Il avait tout le temps le regard rivé sur ses bottes, comme s'il avait peur qu'elles ne s'en aillent. Il comptait et recomptait tout ce qu'il transportait, et qu'il appelait colis. Des boîtes, des sacs et des coffres.

Ole portait aussi des colis, mais il plaisantait et faisait l'important. Il portait une vareuse croisée à boutons dorés et une casquette neuve.

Au moment de charger les bagages sur le bateau, Isak avait dit qu'il allait aider Tomas et qu'il redescendrait pour dire au revoir. Mais il n'était pas revenu.

Sara avait l'air presque vieille, avec sa natte enroulée autour de sa tête. Elle tenait un panier et allait de l'un à l'autre en tendant la main. Elle embrassait, disait un mot ou deux. Mais elle s'agrippait surtout à son panier.

Quand ça avait été le tour de Karna, son visage était devenu plat et tout petit et elle lui avait pris solennellement la main en disant « adieu ». Karna avait sursauté car elle n'avait jamais entendu Sara dire « adieu » à quelqu'un auparavant.

Elle n'avait pas trouvé de réponse, s'était contentée de

faire une profonde révérence. Et, en même temps, elle s'était dit qu'elle n'avait jamais fait la révérence à Sara.

Hanna et Olaisen étaient arrivés en voiture et s'étaient arrêtés près du tas de caisses empilées pas loin de la passerelle. Au moment où Hanna et le petit garçon allaient sortir de la voiture, Olaisen les avait soulevés tous les deux en même temps. Et ils étaient restés debout un instant, serrés les uns contre les autres. Et quand ils s'étaient avancés sur le quai, elle avait pu voir que c'était le chagrin qui empêchait Hanna de dire bonjour.

C'était sûrement à cause d'Isak, avait pensé Karna. Et elle avait décidé qu'elle ne quitterait jamais papa.

Elle n'avait jamais raconté à personne qu'Olaisen avait frappé. Elle avait ainsi démontré qu'elle était assez grande pour garder n'importe quel secret.

Olaisen avait porté le petit et soutenu Hanna de son autre main. Tout le monde pouvait voir qu'ils ne faisaient qu'un.

Quand Stine s'était approchée pour dire adieu, Hanna avait poussé un grand cri. Et Karna avait compris que Hanna sanglotait. Et elle s'était cassée en deux, pour ainsi dire, et était restée accrochée au bras d'Olaisen. Le même bruit sortait d'elle, continuellement.

– Allons, allons, avait dit Olaisen à voix basse. C'était évident qu'il ne savait pas quoi faire de l'enfant, il avait déjà assez à faire avec Hanna. Grand-mère l'avait compris tout de suite, elle s'était approchée et avait pris l'enfant dans ses bras.

Alors Olaisen avait soulevé Hanna comme un rien.

Son châle avait tout balayé autour de lui pendant qu'il la berçait comme si c'était elle qui était son enfant.

Karna trouvait que ses cheveux se dressaient au vent comme l'auréole d'un ange. Et les jupes de Hanna les enveloppaient comme une grande voile rouge quand il l'avait portée jusqu'à la voiture.

C'était si curieux. Et si beau. Personne d'autre ne faisait ça sur le quai devant tout le monde. Et les horreurs qu'Isak avait racontées sur Olaisen s'effaçaient de plus en plus au fur et à mesure qu'elle voyait avec quelle précaution Olaisen installait Hanna dans la voiture et s'asseyait près d'elle. Il y était resté, la tenant dans ses bras, jusqu'au départ du vapeur.

Mais c'est au moment du branle-bas, quand la passerelle allait être levée, que c'était arrivé ! Sara avait dégringolé la passerelle. Sa natte s'était défaite et se dressait comme une corde épaisse derrière sa tête. Elle n'avait même pas son panier avec elle. Et elle criait à voix haute et décidée :

– Hanna ! Je reviens ! Je ne pars pas ! Tu entends ? C'est déjà assez que les autres partent. J'veux rester avec toi, Hanna !

Tout le monde l'avait regardée, papa aussi. Ils regardaient Sara comme si elle venait d'être ressuscitée. Cela avait rappelé à Karna l'histoire de Jésus qui avait ressuscité un mort.

Du bateau, Tomas avait crié à Sara de revenir. Qu'on avait payé son billet. Mais il n'avait pas l'air fâché. Seulement un peu fatigué.

Et Sara avait fait quelques bonds en direction de la voiture d'Olaisen et y avait grimpé. Après, Karna n'avait plus pu distinguer qui était Sara et qui était Hanna. Elles étaient pour ainsi dire enveloppées dans le même ballot d'étoffe.

Le vapeur s'était éloigné du quai, et Hanna avait cessé de sangloter.

Grand-mère était restée avec le petit dans les bras. Elle le tenait un peu à distance. Comme si elle ne savait pas trop quoi en faire.

Au bout d'un moment Olaisen était revenu. Il avait salué de la tête sans regarder ni papa ni Anna en face. Et puis il avait remercié grand-mère et avait pris le petit. Mais il était resté à agiter la main jusqu'à ce que le vapeur ait disparu derrière les îlots.

Ensuite, une fois Sara et les Olaisen partis, Karna s'était un peu éloignée des autres et elle avait entendu une dame dire à une autre :

– Et dire qu'elle n'a même pas fait un signe d'adieu à sa mère, madame Olaisen !

Et l'autre, le regard perdu vers l'horizon comme si elle attendait quelqu'un, avait répondu :

– Mais Olaisen, lui c'est quelqu'un de bien ! Tu as vu comment il a pris...

– Ah, ne m'en parle pas ! avait répondu la première.

Et quand elles avaient vu Karna, elles s'étaient dépêchées de quitter le quai.

Dès l'accostage, elle avait senti comme tout était

devenu silencieux. Les bruits, emportés vers l'Amérique, restaient cachés dans les algues. Restaient un tout petit peu accrochés aux derniers coups de rame donnés par papa avant d'arriver à terre.

Seul le chien qui était toujours dehors durant l'été était venu à leur rencontre. A la ferme il n'y avait plus personne, sauf Bergljot et la servante. Les garçons de ferme étaient partis eux aussi.

L'un avait commencé à travailler au chantier chez grand-mère, l'autre avait trouvé du travail chez le doyen, avait dit papa.

Ici, il n'y avait plus de travail pour un homme. A part déblayer la neige en hiver.

Quand ils étaient arrivés dans la cour, ils s'étaient arrêtés pour regarder toutes les portes et les fenêtres fermées et papa avait fait :

– Oh !

Anna avait eu l'air de comprendre ce qu'il voulait dire, elle avait glissé son bras sous le sien.

La poulie du puits crissait dans le vent, et la grille du jardin était restée ouverte. Cela n'arrivait jamais auparavant, car il y avait toujours un animal qui risquait d'abîmer les parterres de fleurs.

Le pigeonnier était vidé de ses pigeons.

Tard, un soir, quand ils pensaient qu'elle dormait, elle avait entendu Tomas les rassembler. Il n'y avait pas eu le roucoulement habituel. Non, plutôt des cris de peur, comme pour prévenir d'un malheur.

Le matin tout avait été terriblement silencieux.

Isak avait raconté que Tomas avait mis un sac devant l'ouverture du pigeonnier. Ils avaient été forcés d'y entrer.

Elle avait entendu un roucoulement étouffé à travers l'oreiller quand il les avait emmenés.

Sous le pigeonnier il restait quelques plumes mordorées. Elle les avait ramassées dans une boîte à tabac vide. Ensuite elle était partie à la recherche des pigeons dans la fosse à purin et dans les tranchées derrière l'étable. Mais elle ne les avait pas trouvés. Quand elle avait demandé à Ole, il avait répondu que Tomas n'avait pas fait le travail à moitié. Elle ne savait pas ce que ça voulait dire, et n'avait pas osé le demander.

Elle ne pouvait plus sentir l'odeur des seaux de lait nouvellement récurés. On avait l'habitude de les accrocher renversés sur les piquets le long des communs.

Tomas avait balayé l'étable et le fenil et enlevé tout ce qui était dedans. Dans l'annexe, les rideaux flottaient comme des spectres derrière les fenêtres fermées. On n'y voyait plus aucun visage.

A l'intérieur c'était presque vide. Des étrangers étaient venus à la ferme et avaient emporté les affaires de Stine et de Tomas avec eux.

Quand les deux autres étaient entrés dans la maison, elle s'était rendue à l'annexe. Mais elle n'y était pas entrée. Elle était restée dans l'appentis où flottait encore l'odeur de Tomas. Et autre chose aussi. De la poix ?

Et quand elle s'était assise sur les marches de l'escalier qui montait au grenier, le parfum des herbes odorantes de Stine était venu jusqu'à elle. C'était étonnant, car tout était vide.

Les genoux entourés de ses bras, elle avait essayé de ne penser à rien. Elle avait alors senti un grand vide dans son corps, un vide dans lequel il n'y avait plus rien.

# FIN DU LIVRE II

Le livre III de *L'héritage de Karna* s'intitule « Les femmes si belles ».

Composition Gaïa Editions
Achevé d'imprimer en mars 2000
sur les presses de France Quercy à Cahors
sur vergé 100 g saumon spécialement fabriqué pour

Gaïa Editions
Chiroulet
40250 Larbey

téléphone : 05 58 97 73 26
télécopie : 05 58 97 73 39

La teinte du papier sur lequel cet ouvrage a été imprimé est le résultat d'une recherche soucieuse d'un plus grand confort de lecture : le coefficient de lisibilité est en effet jugé optimal, sous condition d'un bon éclairage ambiant.

Dépôt légal : première édition, mars 2000
N° d'impression : 00250